全民微阅读系列

幸福的高度

安 谅 著

江西高校出版社

图书在版编目（CIP）数据

幸福的高度/安谅著. —南昌:江西高校出版社，
2017.9(2020.2 重印)

（全民微阅读系列）

ISBN 978 - 7 - 5493 - 6028 - 4

Ⅰ.①幸… Ⅱ.①安… Ⅲ.①小小说—小说
集—中国—当代 Ⅳ.①I247.82

中国版本图书馆 CIP 数据核字(2017)第 222974 号

出 版 发 行	江西高校出版社
社 址	江西省南昌市洪都北大道 96 号
总编室电话	(0791)88504319
销 售 电 话	(0791)88592590
网 址	www. juacp. com
印 刷	永清县晔盛亚胶印有限公司
经 销	全国新华书店
开 本	700mm×1000mm 1/16
印 张	14
字 数	180 千字
版 次	2017 年 10 月第 1 版
	2020 年 2 月第 2 次印刷
书 号	ISBN 978 - 7 - 5493 - 6028 - 4
定 价	36.00 元

赣版权登字 -07 - 2017 - 1144

目录 / CONTENTS

第三辑　幸福高度

第四辑　真情故事

第一辑

爱的力量

阳台上的微笑

　　收拾完工具，"婆婆嘴"颇为神秘地发布消息："哎，各位，瞧见了没有，对面的那个小妞，嘿，老盯着我们，八成相中谁了。"

　　其实不用他说，大伙也都心中有数，对于一个妙龄姑娘的关注和微笑，热血男儿岂能熟视无睹？那姑娘大约十八九岁的模样，挺清秀，酷似台湾影星林青霞，极惹人怜爱。打我们骂爹骂娘地开进这条坑坑洼洼真该诅咒的弹石路，她便坐在对面的阳台上，支着下巴，静静地注视着我们，脸上漾着甜甜的、还带着其他什么味儿的微笑。兴许怕冷，她腿上还裹着毯子，够让人琢磨的。

　　话既点穿，大伙可都憋不住了。

　　"这小妞蛮白嫩的，和新上市的茭白差不离儿！"

　　"对呵！和你倒挺般配的。一黑一白，对比真够鲜明的！""婆婆嘴"无事生非。

　　"去你的，当心拧断你胳膊！"

　　"嗳，我看这姑娘没正经事，整天笑眯眯的，怕有些……"

　　"别他妈的胡说八道！也许，人家闲着没事，看着玩的。"

　　……

　　或许是一种神奇的魔力吧，我们这些小伙干起活来忽然有使不完的劲："头儿，三渣又不够了。快点儿呵！""给我换把新铲吧，这破玩意儿！"……队长看着看着，也有点莫名其妙。是啊，在这枯燥、机械的劳作中，那姑娘的微笑不仅是一缕温馨的阳光，一曲舒缓的清歌,那微笑似圣母玛利亚,又像达·芬奇笔下的蒙娜丽莎。

虽然我们仍时不时猜测、逗乐甚至是十分粗俗地取笑,但都事先有约似的,把嗓门压得低低的,生怕惊扰了她。一天风猛,她消失了,我们一整天无精打采,心里空落落的。一条平坦的沥青路面提前铺就。大伙心血来潮,要搞一个竣工典礼,并且请上那姑娘。半小时后,"婆婆嘴"独自失意而归。

"那小妞不愿来?"

"嘿,他妈的不识抬举!"……大伙怒不可遏。

"不,不,你们别……""婆婆嘴"急了,嗓音都有些哑了。这小子究竟怎么了?! 稍顷,他喃喃地说:"她,没腿。去年暑天,就在这条街,她绊倒了,后面的车……"大伙儿突然缄默了,陷入从未有过的沉思之中……

硬　汉

铃声骤响。傅军蓦地惊醒,从刘书记的那张藤椅上弹跳起来,一把抓过话筒:"喂,我是傅军,什么? 水管爆了?"他脑袋"嗡"的一声,仿佛爆裂的不是水管,而是自己的脑袋。

"这些民工干什么吃的?!"他摔下话筒,直奔工地。

道路拓宽工程日期甚紧,他这个工地主管已是两天两夜没合眼了。要不是公司刘书记以找其谈话的名义把他叫到公司,强迫他打个盹儿,他决不会离开工地半步。

临近工地,他发觉事态的严重:承包部分路段施工的民工居然把一个大口径的水管给碰破了。水流横溢,仅仅一会儿工夫,已蔓延到周围的厂家和居民,并且开始殃及那家简易仓库。这里边的水泥,可是政府在材料十分紧缺的情况下,专门拨给他们的。他一急,尿都差点没憋住。

沿路居民骂骂咧咧。好几户人家正用脸盆急急地往外排水,看见他都气呼呼的。一个步态迟钝的老妇人拽着他的胳膊,说:"你去看看,都成什么样子了!"他不敢正视那双眼睛,只低低说了声:"抱歉了!"便赶紧走开。

眼下最重要的是水泥,水泥!其他什么都顾不上了。

他朝大伙儿嚷嚷着,一头钻进了水泥仓库,并很快就趟着水跑了出来,肩上架着两袋水泥。惊慌失措的大伙儿明白了,跟着他搬运起了水泥……

路泥泞。水没过了脚踝。傅军大气不喘,一连跑了好几个来回。突然他脚下一滑,身子失控,向左边倾斜,水泥也欲从肩上跌落。"傅主管!"此时,有人眼疾手快,助了他一臂之力。傅军大吼了一声。他稳稳地站住了。粗壮的手臂及时地扣住了下落的水泥。

数十吨水泥终于被转移到了高地。水管泄露也终于被制止了。傅军浑身汗水泥泞。他忽然想起了什么,向那户居民家走去。

屋子里水居然没至膝盖。那堆煤饼已酥软地瘫在地上。那位老妇人手拿着脸盆,全身湿漉漉,筋疲力尽地瞥了他一眼。

泪水从这位铮铮铁汉的脸上滚落。他讷讷地喊了一声:"娘。"

全民微阅读系列

一个陌生男子的微笑

这是一个听来的故事。讲这故事的,是一位美丽而端庄的姑娘。她说:大约是在杨柳吐绿,春风送暖的季节,我开始注意起他的微笑,并由微笑开始注意起他这个人。

那天,我从浦东陆家嘴摆渡回家,在船上,无意间发现他抿着嘴朝我微笑。我以为他是在向我身旁的熟人打招呼,可环顾左右无一人应答,显然,他的微笑是对着我来的。我有点纳闷:我好像并不认识他,也不大可能在哪种公众场合同他打过什么照面。于是,我没有理他。我毕竟是二十几岁的姑娘,而且长得不算难看,像这种带着微笑的注目礼,甚至比这热情得多的表示我见多了,它怎么会打动我的心……

但自此以后我就发觉,他的微笑差不多总是在每天的同一时刻出现在面前。有时是在渡轮上,有时是在候船室里。还有一次,他刚巧站在我身旁,我突然紧张起来,担心他会有什么不良的企图。然而,他只是一如既往地朝我微微一笑,没有任何其他表示。我开始注意起这个陌生的男子了。好几次,我故意做出一副严峻而冷漠的神态对待他那似乎含情脉脉的微笑,而这时,他就会凝视我一会儿,然后带着那极自然的微笑把目光移开。我于是偷偷地打量着他:眉清目秀,鼻梁上架着一副与他肤色并不相配且已不合潮流的秀琅架眼镜,完全是一介书生的模样,柔和的眼神,透露出几分灵秀之气,那随意的微笑,礼貌、亲切、极有分寸。

我想，这样一个青年，决不会是轻浮之辈，过分的戒备看来是多余的。但我仍旧弄不清，他与我素昧平生，为什么对我的态度如此友好？

年底，单位发了好多年货，鱼呀肉呀什么的。一上码头，盛年货的袋子便彻底"罢工"了，东西撒了一地，我甚为狼狈。此时，他恰从后边赶了上来，抿着嘴朝我笑笑，从自己的皮包内取出一只塑料袋，将我撒落在地的东西一一拾起盛好，然后，朝我笑笑说："还要帮什么忙吗？"见我迟迟没做出什么反应，便很和蔼地说道："那我走了。"这时我才回过神来，想人家帮了自己的忙，自己却一句感谢的话也没说，很不好意思，刚想开口，晚了，人家已经踏着稳健的步伐走远了。

回家后，我便把有关这陌生男子的一切以及我的困惑告诉了母亲。母亲是大学教师，见多识广，听完后笑笑，宽慰我说：不必多心，看来小伙子是善意的。然而，我仍然有些紧张。不为别的，只因为对我来说他是个陌生人。陌生就好像一潭深不见底的死水，使我无法摆脱神秘与恐惧之感。于是，我开始逃避他的微笑。这种状况差不多持续了一个月。那天，我又在渡轮上与他不期而遇。这次，他的身边还依偎着一个姑娘。姑娘长得白皙、俏丽，他们低着头说笑，样子很亲热。看来姑娘准是他的女友，也许是新婚不久的妻子。这时他抬头看见了我，像往昔一样，仍然抿着嘴向我送来坦然的一笑。此时，我才发觉，原来他的微笑其实是很纯真，很澄澈，也是很矜持的。

以后，我自然仍常常见到这位陌生男子，以及他那曾令我费劲猜测的微笑，但我们之间依旧什么也没有发生，甚至也没说过一句话。但他的微笑却越来越让我感到亲切，感到温暖。我说不清楚这到底是为什么。后来我再也没见到他。但自此以后，我总感觉到自己的周围少了点什么,至于它是什么,却说不清楚。很久很久才恍然大悟,少了的不是别的,正是陌生男子的这种微笑,我因此而深感怅惘。而这微笑本来是极为宝贵的,是人与人之间应有的心灵的呼唤和交流,但我却让"陌生"二字把自己封闭起来,将这微笑拒之门外。我衷心祈愿在生活中能多些这样的微笑,此刻,永远……

老桥工的梦

老桥工纪秋种终于按捺不住自己了。这些天新闻媒体对大桥建设大张旗鼓的报道,在老头的心里点起了一把火。他翻找出当年的那套工作服,便直奔工地。他得为大桥做点什么,他还得瞧瞧那个让他伤透了心的儿子。

老桥工的大桥梦已有了好多个年头了,打他以七尺之躯融入那支艰苦卓绝、四处为家的桥梁工程队之后,这个美丽的梦从未泯灭过。他要和工友们一道,彻底征服这阻隔了两岸交通的滔滔浦江。然而光阴易逝,大桥之梦难圆。老桥工壮志未酬,就到了退休的年龄。待业在家的儿子顶替了他。数年之后,大桥建设的消息传来了,老桥工兴奋得一夜睡不着觉,他想等儿子回家后好好聊聊,可这个整日怨天尤人的"讨债鬼"迟迟未归,老头窝着一肚子火。这几十年的大桥梦,还得由儿子他们去实现,可儿子偏偏不争气!

前几天,几个星期没回家的儿子跌跌撞撞地回来了,额头上还贴着块白纱布，渗出些许血丝。老头狠狠瞪了他一眼："怎么回事？"他压着心头的怒火。"没——什——么。"儿子一脸无所谓。"是路见不平？见义勇为？"老头语气不无讥讽。"不——是。"儿子答道。"是工地着火，救火碰的？"老头火气直往上蹿。"不——是。"仍然是那种随便、轻慢的口吻。老头憋不住了，扬手一巴掌："你这不成器的家伙，你给我滚！"儿子怔住了，随即甩手出了门。老头对着背影狠狠啐了一口，他真懊恼自己怎么生了这么个儿子。这大桥梦，唉！

工地对于老桥工来说，具有一种特殊的诱惑力。那里面仿佛有许多无法诉说的丰富的人生内容。桥面上，巍峨的主塔之下，工人们正在劳作，在阳光的映衬下，犹如一幅画，深沉而壮丽。面对已具雏形的大桥，老桥工被深深震撼了。它远比想象中的更恢弘、更气派。他转身往指挥部走去。他打定主意，留下不走了。

"是老纪师傅呀，快请坐。我正想找你呢。"李队长迎了上来，把他请进办公室。"什么事？"老头目光掠过一丝忧虑。"还不是你那个宝贝儿子，不听话呀！"李队长笑着向他告状，"我正想找你好好劝劝他。"果真如此。老头鼻子里"哼"的一声，腾地站起身来："就当我没这个儿子，我老头今天是顶替来的！"李队长诧异了。恰恰这时有人闯进队部，说纪小龙晕倒了。李队长赶紧奔了出去，老头愣了愣，也紧跟而去。

纪小龙此时躺在一个工友的臂弯里，已微微睁开了眼睛。李队长心疼地下令道："赶快送医院，没我允许，不准上工。"

老桥工渐渐明白了，儿子在工地上生龙活虎，一干就是几天几夜。那天实在太困，撞破了额角，是李队长命令才回家休息的。

他激动而又内疚地走过去，握住儿子的手，摇了摇。儿子轻轻地说道："没关系，爸爸，工期紧呀！"

老桥工双眼湿润了。他凝望着如鹰一般展翅欲飞的大桥,忽然觉得,儿子就像是那座大桥!

空 座

夜阑人静。刚上完夜课的他,此时正在车站上孤零零地候车。他回家还有一段漫长的路程。

车来了。他踏上车,两腿感觉很沉。他扫视了一眼车厢,乘客稀稀疏疏的。他发现在斜对面还有个空座,于是随着车厢的晃动,他趔趔趄趄地走了过去,还差一两步,他突然站住了,他蓦然觉得有点蹊跷:那两位比他挨得更近些的乘客怎么没有落座?他俯下身子,借着车厢昏暗的灯光,终于看见那上边有一团黄澄澄的黏状东西。他明白了,虽然在讲台前站了大半天,腿肚子酸酸的,但他还是不愿因此而弄脏了自己簇新的毛裤。

他抓紧扶杆,多少有些惋惜地瞥了那个座位一眼。

车停了,那两位站着的乘客下了车。又上来了一位打扮入时、模样俏丽的姑娘。她发现了那个座位,怕被人抢了似的跑了过去。走到跟前,她也看到一团黄澄澄的黏状东西。她抬起头来,看了看身旁的他,脸上有点尴尬,也有点怏怏然。

此时,后门上车的那位中年汉子也走过来,并诧异地打量了他和她。及至目光落在那个座位上时,他才恍然大悟,他庆幸自己刚才没有莽撞。

颠簸摇荡的车厢里,只有他们三个站着,紧握着扶杆的手掌都沁出了汗水。

车又到站了，一位穿牛仔服的小伙子跳上车。他三步并作两步，几乎是蹦跳着跑到那个座位前，他显然也发现了那团不明物。他埋下头来，看得很仔细，然后，他潇洒地打了一个响指，一屁股坐了下去。

站着的三位都看得呆了。投去的目光，说不清是惊讶，是遗憾，还是幸灾乐祸。

他们面面相觑。

到终点站了，车厢里突然一片亮堂。小伙子首先跳将起来。他们急忙朝他屁股底下望去：什么也没粘上。

临下车时，他悄悄地用手在座位上摸了摸，见鬼，什么也没有。

朋　友

阿猛和单宏同在一家公司工作，关系蛮不错，家又住得近，有时也串串门，聊聊天。

单宏是个英俊倜傥的小伙子。可某一天清晨醒来，一头乌黑的头发见了鬼似的脱落了大半。白生生的头皮和所剩无几的几缕发丝，相互映衬，班驳杂乱，看了真有点毛骨悚然。整个夏天，他都戴上那顶褪了色的绿军帽进进出出，神情抑郁又有点自卑。他像换了个人似的，沉默寡言，深居简出。

阿猛那时想，单宏确实够不幸的，倘若这倒霉事儿让自己撞上，还真不知如何是好！有时阿猛看着单宏头上的那顶绿军帽，怔怔地想了许多，心里颇有点好笑和滑稽。

直至阿猛突然发现自己头发也开始稀疏时，他心里头着实也腾起一阵恐慌。他感觉焦灼难受，他想不通这究竟是怎么回事，不可能是单宏传染给他的。实际上，单宏"鬼剃头"之后，阿猛已很少和他有什么来往了。这原因不是很明晰的，不过这多少与单宏的"鬼剃头"有关。他对此的确有点莫名其妙的恐惧，心想，现在轮到自己了，很显然，用不了多久，就得和单宏一样戴着帽子进进出出，大热天也得这么捂着！阿猛心急如焚。

阿猛开始访遍本市的各家医院。可是，无论哪位医生，除了嘱他多吃点新鲜的蔬菜、水果，少食些油腻的东西之外，也都别无他法。最糟糕的是，久违的熟人邂逅阿猛，都有些惊讶："阿猛，你的头发都跑到哪儿去啦？"阿猛的心就像被揪了一下，生疼生疼。二十来岁的小伙子，媳妇都没影儿呢，倒已像个小老头了，这如何是好？

阿猛整日愁眉不展，有一会儿，他读到报上广告，说有一种生发精，神药一般，颇受国内外"秃头"的青睐，有效率高过百分之九十二。这可比那些医院里配的药神气得多了。阿猛找了好几家药房，均告售罄。阿猛急火攻心，差点惹出了大病。

在家里憋得慌了，阿猛想起了单宏，他理应是自己的一个伴儿。好久没去他家了，他还是极其熟练地拨开单家园子里的门闩，推开门，他看见单宏正俯着头，在头上搽着什么，搽得很认真。他走近一看，单宏头上已是毛绒绒一片。单宏见是他，慌忙收了药水，请他坐下。阿猛看得一清二楚，单宏手里头的那玩意正是自己久觅不见的生发精。单宏几日不见，那些脱落的头发真可谓"春风吹又生"了。

阿猛硬着头皮提及了这瓶生发精,并问单宏效果如何。单宏轻描淡写:"马马虎虎。"他好象不乐意多谈这些。然而阿猛顾不上是什么原因了,厚着脸皮开口请单宏帮忙搞两瓶。单宏说,这药水俏得很,现在都翻好几倍价了,自己这一瓶还是朋友好不容易搞来的。阿猛好话说尽,恳请单宏兄帮忙,他说他不会忘记了他的这份情谊的。

后来又催促了几次,单宏果真为他搞了一瓶。不过价格挺吓人:250元,是原价的六七倍,抵得上阿猛两个月的工资。阿猛咬了咬牙,还是买了下来。在头顶上涂抹的时候,那种心情,真是非语言能够表达的。

然而,事不遂人意,药水瓶已快见瓶底了,阿猛的头发却还在慢慢脱落,前额已是光溜溜的如不毛之地。两边也渐渐稀疏了。可是单宏早已扔了那顶军帽,和过去一样又神气活现,潇洒飘逸地在大街上溜达了。

阿猛有点愤愤然。他有时想,一定是这小子坑了我,不是药水掺了假,就是什么地方搞来的处理货,要不然哪有这么巧的事,我偏偏属于那百分之八的无效范围呢?

这事过去有几个年头了,阿猛至今还耿耿于怀。

有　忧

儿子打电话,催明人快回,说自己快输了,又要被扣分了。明人知道儿子又上游戏网了,"军棋四国大战"很吸引他。上次儿子让他帮忙，明人发现儿子只是一个"小兵"。儿子嘴里嘀咕：都扣五分了，是谁知道自己号码的……明人心里明白，儿子输得惨，却还故意遮丑。他莞尔一笑：输就输了，我帮你赚回来。明人自恃孩时酷爱下棋，在邻居小朋友之间还是佼佼者，一上网就找对手干了起来。可是他时不时瞄一眼正在电视直播的世界杯，一走神，忽然就兵败如山倒。明人眉头一皱，计上心来，发短信让一位好友也上网联手。好友是老搭档，心领神会，配合默契。明人让儿子替自己发个短信，让好友集中打一个叫"无忧者"的对手。目标明确，战术得当，对手不堪一击。不多久，几档对手都被打败了。儿子在一边观战也好高兴。这一晚一直干到第二天早上四点，期间明人还教了儿子两招，一个招是用两颗炸弹炸对方两个司令，果然几步棋就如愿了；另一招是派个小工兵迷惑对手，潜伏到一方对手的营地，突然沉入最底下，把雷给挖了。对手措手不及，乖乖缴械。儿子看了很佩服：你怎么知道得这么准的呢？明人好不得意。还有什么比儿子对自己的敬佩更荣耀呢！第二天睡醒，已是太阳高挂。明人没感觉疲劳，随意浏览手机短信，读到一则昨晚发出的短信：集中打无忧者，让他变得有忧。明人快慰：儿子还挺幽默的。才十二岁，有水平。没有比儿子有出息更让父亲骄傲的了。明人心里偷乐了两天，憋不住，又向同事、朋友提起此事，不无得意呵。

那天，有人说了一句，迷恋电子游戏，很有害的。遂又想起报载的好多起少年因痴迷上网，荒废学业，恶待家人，甚至走向极端的案例，明人的心抽紧了。又想起联手朋友对阵，底下互通信息，似有作弊嫌疑，对成长中的儿子不无污染。这时，明人已从昨晚的陶然无忧，变得心里结节，忧虑重重起来……

阿魏的婚事

阿魏长得有点傻乎乎的,整日笑模笑样,说话儿讷讷的。他有一手绝活儿,谁有个棘手的小毛小病,找上他,准保治得妥妥帖帖。也不知他是哪儿学来的。镇上的人都知道他,找他,没有打回票的,而且事后分文不收。据说,有个老中医找他合伙,五五分成。他客客气气地把人家送到门外。老中医丈二和尚摸不着头脑。阿魏还干他的老本行,乐乐饭店的司炉工,干得很尽责,年年是先进。

阿魏三十好几了,还没对象,街坊邻居张罗着给他介绍。每介绍一回,阿魏总是傻笑着,不说好,也不说坏,搞得人家好尴尬。

"你这小子到底想找个什么样儿的?"有一回纳凉时大伙儿问他。他傻笑着,并不作答,眼光儿却朝隔壁的莉莉望去。幽幽的,还有几分羞涩。

有人明白了,故意大声嚷嚷:"阿魏想找我们大美人莉莉,是不?"莉莉绯红了脸,狠狠瞪了阿魏一眼,转身进去了。众人"轰"的笑了。阿魏也像刚喝过酒似的,两颊潮红,两眼儿幽幽的。

莉莉自然不会看上阿魏。她美得真如仙女下凡。走在街上,男人的目光大都盯在她身上。

莉莉结婚了。男方是个很体面的个体户。婚礼那天,搞得好大排场,镇上大半人家都被邀请了,而且免送贺礼。

鞭炮噼噼啪啪响过之后,新郎新娘入席。新嫁娘身披婚纱,那模样儿真是人见人爱。新郎也很气派,那眼神儿掩饰不住欣喜和得意。

笑语欢声,觥筹交错。频频举杯之时,新郎突然呆笑不止,目光散淡,四肢乱舞。边上的人怎么制止都不行。莉莉急得哭了,老丈人也是直跺脚。这时,有人想起了阿魏。咦,阿魏怎么不见影儿。

"我来时看见阿魏的,他在镇东河边呢!"

"快,快把他找来。"就有几个孩子飞也似的跑了出去。

潺潺小河边,阿魏坐在夕阳之中。那傻笑模样儿不见了,似乎心事重重。听了孩子的叙说,他踟蹰了一会儿,便迅速站起身。

阿魏旁若无人,甚至连莉莉拽住他臂膀时的焦急神情,也视若无睹。他走过去,冷冷地瞥了一眼仍旧呆笑不止的新郎官。他抬起手臂,吩咐快去河边打点水来。在厨房里,他抓了一把食盐,投进水煮得正沸的锅里,稍顷,他把它灌入新郎官的嘴里。他用手指伸进他的嘴里,鼓捣了一阵。新郎官"哇"的一声呕吐出一些污秽物,一阵剧烈的喘息之后,渐渐地,就平静了下来。大伙儿都舒了口气。

阿魏返身要走。谁都没能留住他。他笑容全无,很坚决地走了。只是比刚来时多了点安详和平和。大伙儿都好纳闷。

阿魏后来跟着一个挺俊的乡下妹子走了。他老母亲说,那是她的媳妇。他们去那个山村过了。山里人需要他。

弃 婴

这些日子，豁嘴阿宝成了香花桥街的新闻人物。

那是一个清新的早晨，天色微明。有人看见豁嘴阿宝匆匆忙忙穿过街巷，直往家里奔去，怀里还搂着一团脏兮兮的"蜡烛包"。稍顷，就从他的屋子里传出了婴儿的啼哭。

之后，街坊邻居就发现，豁嘴阿宝似乎文雅了许多。他常常怀抱一个婴孩。有时依傍着门框，有时在街上溜达着。他哼着走了调的什么歌儿，哄着孩子入睡。还时不时用他那有缺陷的双唇亲吻孩子的面颊。那种全身心的投入，比那些刚做了爸爸的年轻男子，真有过之而无不及。

有人传言，那孩子是豁嘴阿宝在厕所里捡到的。这种说法越传越广，但没有人敢当面对阿宝说。阿宝的粗野，街上好多人是领教过的，稍有不称心，或者谁惹怒了他，轻则一顿臭骂，重则大打出手，他不获全胜，绝不收兵。隔壁小三子信口胡诌了一句："阿宝，这是你的私生子吧？"阿宝两眼立时瞪得大大的，圆圆的，好怕人！吓得小三子浑身筛糠似的。

阿宝抱着孩子在街上溜达时，简直到了忘却周围一切的境界。

那天，阿宝好不容易对上象的姑娘胖胖找上门来。不多一会儿，便哭着出来了。原来，姑娘脸皮薄，阿宝平日无故多了个孩子，自己的脸往哪儿搁？让他处理了，可阿宝梗着颈脖，眼里像要喷出火来。

于是有人说阿宝真傻,为了一个弃婴,坏了自己的终身大事,不值!

阿宝呢,却若无其事,还是那种神态。

过了没几天,又有一男一女两个年轻人来找阿宝,不久便吵吵嚷嚷起来。阿宝牛脾气又犯了,抢起扫帚把,把他们赶到了街上,两人狼狈不堪,悻悻地走了。

当晚,派出所民警找上了阿宝,说那两个人确实是婴孩的亲生父母,现在想通了,要抱回孩子,你不该这么顶牛。至于这段时间你支付的抚养费和工资奖金会补偿给你的。阿宝脸色如土灰,一声不吭,被逼急了,才想出一句话:"立下字据,保证不再虐待,否则,我不依!"

民警笑了笑:"这还不好办? 马上给你送来。"

孩子抱走时,阿宝沉着脸。那两口子向他连连致谢时,他别转身,给了他们一个光脊背,目光冷森森的。

有人嘀咕着:"怕要出事。"但什么事都没发生。只是几个细心的人发现,阿宝脸颊上滚落了两行泪珠。

据老辈人悄悄说,阿宝原来也是弃婴,是瘸腿刘伯把他拉扯大的。

好人之谜

日本鬼子霸占东北三省那年,奶奶还刚生下我爸不久。鬼子们烧杀抢掠,无恶不作。爷爷的两个亲妹妹都在被糟蹋之后,投河自尽了。

爷爷那时在镇上做事,向来沉默寡言。此后,他就变了,见到日本兵就点头哈腰,极尽谄媚之能事。那模样让奶奶和乡亲们见了直恶心。没想到爷爷人高马大,竟这般贱骨头!

有一天,獐眉鼠目的伪村长传下话来,说是宪兵队长很看重爷爷,想留他在部队干个差儿。这等肮脏活儿,爷爷居然答应了,把奶奶气得手脚直颤。

没多久,队伍开拔了。爷爷跟了去。临走时,他凝视着奶奶,泪眼婆娑,未置一词。奶奶后来回忆说,那是第一次,也是最后一次见到爷爷的泪水。奶奶当时狠狠地别转头去,毫不睬他。

爷爷在日本队伍里混得不错,不知谁捎来话儿,说爷爷高升了,当上了日本队长的联络副官。

奶奶已哭得再也没有一滴泪水。嫁了一个缺心肝的,是这位良家妇女万万没想到的。

爷爷所在的部队据说名闻遐迩,还从未打过一次败仗。但过了不久,就有消息传来,说那支队伍被游击队打得落花流水,全军覆没。原因是这支部队不知怎么会钻进当地百姓称之为"鬼谷"的一个死山谷里,遭到了游击队的痛打。

奶奶为此又恸哭了一场。

那天傍晚，有一个日本兵血肉模糊地闯了进来。奶奶大吃一惊，看他那样儿，八成是漏网的。奶奶刚想呼叫，日本兵已瘫软在地，无力的手臂在肚腹比画了几下。奶奶明白了。她给他递去吃食。日本兵狼吞虎咽，可没吃多久，他就捧着肚子，依哩哇啦地号叫起来。不一会儿就断了气。临死之前，他绝望的眼神在奶奶身上停留了许久。那一刻，奶奶真是刻骨铭心。

奶奶也随即双膝一软，倒在了地上。

奶奶亲手杀了这个日本鬼子的消息，在村子里悄悄传开了。村里人愈加尊敬这位了不起的女人。

半个世纪，弹指一挥间。

奶奶已步入耄耋之年。冬日的一个黄昏，她把我唤到床前，用沙哑的嗓音叙述了一个令我震惊的秘密。她说，她那次从日本鬼子身上搜到一张纸片，写着奶奶的住址。那上面还有一行草字："琳儿（奶奶的乳名），他是好人，救救他。"奶奶认得那是爷爷的笔迹。

几十年来，她一直困惑着：那个日本兵为什么要摸到自己的家，爷爷为什么要为日本鬼子卖命，而那支日本部队为何就突然莫名其妙地被彻底消灭了，难道是爷爷……

奶奶说完，盯视了我一眼。

奶奶走了。但那个好人之谜却永远留在了我的心里。

秘书长

二十年后的师生相会，在这个城市最豪华的宾馆餐厅，炽烈了整整一天之后，已渐趋尾声了。

世上没有不散的筵席嘛。当年的班主席准备做最后的演讲了。

郑，此刻正坐在几位同窗之间，因为兴奋加上酒的刺激，他原本黝黑的脸色，也泛起一层深红，连眼睛都充满了可爱的醉意。但醉意之余，他还是有一丝清醒：别忘了买单，今天的开销都是他独自一个人承担的。那是他自愿的。只是隐隐有一丝遗憾：这狂欢过后，一切又将归于平静，老师、同学，还会记得我吗？他太平常了，平常得几无可供记忆之处。

上午，老师和同学们陆续来到，他在门口迎接，差不多没有一个老师、同学认得出他。老师也罢了，他们带教过太多的学生，不可能每个同学都记住。可他至今说得出名字，脑海里还有当年形象的那些同学，也大多记不起他来。还是他的同桌，那位当年最风光也最为精明的班主席，记得他。当然，这次聚会的经济支助，还是班主席及时提醒，他才获得这样的机会。班主席知道他，这些年搞装潢，赚了一点钱。据说，班上也有几个干个体户的，但只有他正儿八经开了一家自己的公司。

班主席说话了，那是个在一个街道任科长的英俊汉子。

"在这次聚会结束之前，我提议我们要推选一位秘书长。我们的师生情、同学情还要延续下去，我们的聚会当然也要经常不断，如果没有一位有实力、又热情的同学来组织，恐怕今天的聚会，可能就是最后一次了！"

"那不行，我们还要聚聚！"

"对，对，活到老，一直聚到老。"

众人一片呼声。

"所以，我提议小郑担任我们的秘书长，他热心，而且，具有无可比拟的实力。今天，我们活动，就是他做的东。"

"我提议，大家鼓掌通过。"

"哗……"掌声、笑声，还有敲桌子声欢声一片。

郑被大伙儿推拉时，真是懵懵懂懂的。他不知怎么表态才好，搓着手，笑得很尴尬。

"我，我，这辈子没做过官。让我当，秘书长，有点……"

"没问题，你准行！"班主席拍了拍他臂膀。

他脑子忽然一激灵："我，当年想当个课代表，没当上。后来想当个小组长，就帮这一组七八个同学收收本子的，也好，也很光彩。可，也没当上。"

他看了班主席一眼。班主席仍然笑眯眯地看着他。他继续说道："我后来听见班主席向班主任说，说我太傻，呆子一样，做不好。"

班主席的表情唰地一下凝住了。老师和同学们都听得有点入神。

"我知道自己有些傻，不太开窍。可我真想当一回小组长，为同学服务服务呀！"郑的眼眶有些湿润了。

"这些年，我和老师、同学没有过联系，我待业、上岗、再下岗，我没找过谁。后来，和乡下的表兄一起干装修，宁愿少赚一点钱,也要让客户满意,现在也算是混出个人样了。"

"本来,我是不愿当秘书长了。我那边的活儿很忙,不能耽搁。但,刚才班主席说我能行,我就干,二十年了,我,我终于如愿以偿了,我就这么傻下去,不变了!"

掌声四起,眼泪和笑意在郑的脸上流淌。

五分熟

每个周末,那个垂垂老矣的富翁在他孙子的搀扶下,都到这个餐馆里来,临窗而坐。

自然点的又是蔬菜色拉、鹅肝酱,还有一块牛排。牛排要的又是五分熟。

我总有点担心,这五分熟的牛排,这老头能嚼得动吗?

我百次担忧,都被刘大厨似乎善解人意的目光给融化了。看看那位老翁嚼得津津有味的神情,显然没有要齿力,我说不出该是惊讶还是疑惑。

每一次,刘大厨都要走过去打个招呼:"吃得怎么样?"老翁和他的孙子总是很满意。"牛排五分熟吧?"老翁问。刘大厨也很爽快地回答:"五分熟,你喜欢的。"说完,总和老翁的孙子相视一笑。

据说,这位老翁来这儿已二十多年了。每次来,都要的是五分熟的牛排,二十多年的跨越,老翁的牙齿恐怕都掉光了,还嚼得动这五分熟的牛排!

每次来，都是刘大厨迎客，并亲自掌勺。这几年，他很少掌勺了，掌勺的都是他教的那些徒弟了。可老翁来，刘大厨总是自己接待。我们都极为佩服刘大厨，没有这精湛的手艺，任谁也是玩不转的。

有一回，我却发现了一个秘密：刘大厨给老翁煎的牛排实际是特意挑选，且根本不止五分熟。这刘大厨太鬼了。我仿佛突然发觉了别人异样的眼光似的，对刘大厨的行为颇为不满。

我看见，刘大厨将牛排端到老翁面前，又像往常一样，说了一句"五分熟"。老翁微微颔首，又津津有味地咀嚼起来。我的肺都要气炸了。

我终于忍不住，一把按住老翁孙子的臂膀，把他拉到墙角边上："你，你知道吗？给你爷爷煎的牛排，不是五分熟的！"

老翁的孙子望着我，一会儿，竟然笑了："我早知道。老爷子从小就喜欢吃五分熟的。多一分，少一分，他都不开心。可这二十多年，老爷子的咀嚼功能变化多大呵！也难为刘大厨，总是恰到好处地控制火候，让他吃得真正舒服。"

只见老翁一抹嘴，吃得显然很为满意地打了饱嗝。站起身来准备告辞。

刘大厨又走近和老人打招呼。"五分熟吗？"老翁问。"五分熟。吃得满意吗？""那当然。"老翁答。

五分熟，这才是真正老道的手艺呵！

心 域

　　轮椅咯吱咯吱地响,她把车摇到那条陌生的弄堂口时,都市已渐渐驶入了夜的海洋。

　　她不明白自己今天怎么这么冲动。或许这种冲动在她读了他的诗作之后,就开始悄悄萌生了。而今天的信,仅仅是一个导火线。当初读他的诗是那么偶然。是一个周末,父亲单位的那个瘦弱不堪的小白脸又来了。不知怎的,她看见他那种黏黏糊糊的神情,就会心烦意乱,就会对她曾几度绝望的世界倍感索然无味。她发现自己在他的眼里,差不多就是一件待价而沽的处理品,而父亲则想把她尽早托付给商贾。她很悲哀。她对周围的人都极不信任。残疾的身子却拥有一张美丽的脸蛋和一颗多愁善感的心,这真是造物主的不公。她不顾父亲和小白脸的惊讶,摇着轮椅车走了。她漫无目的,心灰意冷。在一个冷冷清清的书摊前,她停下来了。她本来是想买一本算命类的书,稍微迟疑,手就落在了边上那本封面全无色彩和图案的诗集上。她随手翻了翻,就被吸引住了。从此,她喜欢上了这位名叫艾的诗人的诗。他的诗就像那本诗集的封面,毫无矫饰,一目了然,字里行间浸透旷达、超脱、飘逸和真诚的人生哲学。她第一次给一位陌生的男人写信。那封由出版社帮助传递的信,为她牵来一位披露内心世界、探讨人生和社会的朋友。虽然彼此并不了解,甚至从未晤面,但她每每读着他的信，或者躲在自己的小屋给他回信，都禁不住有股心灵的颤动，那颤动兴奋而又愉悦。后来她和他谈到了"痛苦"，她说世界实在是太狭隘了。痛苦是人生的枷锁，她在纸上写下这些时，眼前掠过了小白脸、父亲，还有无数对残疾者嘲弄鄙视的人们的表情。他来信了，写了整整八张信笺！他说："痛苦是人人皆有的。痛苦的妊娠也是一种缔造的开始。"他还说："沉溺于痛苦之中，无异于封闭自己的内心世界，世界自然很小很小；胸怀博大的人，心的领域很大很大。"她把那封信按在心口很久很久。她好激动。她突然挪上轮椅，摇动车把。她一定要和他好好谈谈。他仿佛就是温馨，是理解，是健康，甚至是伟岸的象征。

她照着信上的地址，一路寻找过去。那封信就捏在手里。她到了这条陌生的弄堂口。有几位小伙子弹着吉他歌唱着。看到她，似乎唱得更带劲了。其中一个瘦高个一边唱，一边还朝她笑了笑。

沮丧，厌倦，随着歌声一起袭上她的心头。她扭过脸去。她说不清是自卑，是轻蔑，抑或是孤独。反正她不愿理睬他们。

她想尽快把车摇过去。可是她立即犯难了，弄堂也许太窄，没有车辆进出，和马路的交界处落差很高，这是她外出最怕碰到的。她发觉他们也注意到了，停止了歌唱。她感觉到那位瘦高个和他的伙伴们向她走来。她突然眼一闭，心一横，双手用力，想冲将过去。这时，车龙头被重重地阻拦了一下，人车失控，她被掀翻在地，晕了过去。醒来时，闻到一股来苏水的味儿。她慢慢睁开眼睛，她看见那位瘦高个和几位小伙子都焦急地围坐在她的身边，那是一个个坦诚、温善的面容。瘦高个手里捏着那封信，凑近她："你……好吗？你来找我的？"她凝视着他，想起他说过的那句话:"……胸怀博大的人,心的领域很大很大。"她心里涌动着一番歉疚。她合上眼帘,使劲点了点头。一时间,她觉得心里敞亮了许多。

卖冰棍的老头

"冰棍吃哦!"闷热不堪的船舱里,又响起了那个苍老且有点沙哑的嗓音。老头瘦瘦的,脸上滋滋冒汗,白衬衫湿漉漉、脏兮兮的,已见不到些许本色。

每天这个时候,我大汗淋漓地跨进船舱,就看见这个矮矮瘦瘦的老头:冒汗的脸,胸前挂着一只和他身材极不相称的大帆布书包,佝偻着腰,在被高温折磨得已很烦躁的乘客中叫卖着。

他卖得很艰难,也很勤勉。老远有人嚷道:"买根冰棍。"他立即高声应道:"就来,就来。"于是从密不透风的人车里挤将过来,趔趔趄趄,磕磕碰碰的。有时遭到几声责难和别人"赏赐"的白眼,他都不住地点着头,赔着不是,很小心地绕开。然后几乎是双手呈上冰棍,神态极殷勤,随手把包装纸带回,塞进帆布包里。有一回,那老头的汗衫勾在了别人的衣架上,撕开很长一个口子。别人怪罪于他。他不恼不怒,连说几声:"对不起。"那模样儿真是可怜。

这老头赚钱不要命。这么热的天,年轻的我都有些挺不住,你就不能歇歇?

那天我也憋不住买了根冰棍。一口咬下,竟然满嘴苦涩。我立时嚷了起来:"怎么这么苦!"老头赶紧走了过来,给我换一根,嘴里还连连赔不是。我想,这老头还算不错,不坑骗人,懂得和气生财。我还发现,先前的那根冰棍他自己拿去吃了,含在嘴里有滋有味。这也是我唯一一次看到他吃冰棍。这老头吝啬,吝啬得让人难以接受。

后来我搬家了。重逢那个老头,还是在两个月之后。

那天,我正在邮局当班,快下班时,有个老头匆匆忙忙来汇款。我仔细一看,竟是那个买冰棍的老头。他摸出一大堆角票和硬币,他抖索着手,递上一张没有落款的汇款单,人民币壹仟圆整。汇××老区人民政府收。我疑惑地抬起了头。老头用手抹去额上的汗水,孩子似的笑了:"老区人民还是苦呵,我反正离休了,做一点力所能及的事。"我想起了那根味道很苦的冰棍,心里不知是啥滋味。

生动的一课

学校为家长请来一位刚届不惑之年的社会学讲师。他讲得深入浅出,紧扣实际,极富感染力。每次课后,家长还都围着他,向他请教一些各自的问题。

有一次讲课的内容是谈谈为人父母与社会责任。他强调说,对于孩子的关注、宠爱是无可厚非的,但对年轻的家长们来说,如何不断完善自己,积极履行自己应承担的社会责任,这对于孩子的健康成长同样也是很有影响的。

　　家长们正听得津津有味，门外出现了一位容貌端正、俏丽的女子，神情有点黯然。她径直走到第一排座位坐下了。大家有点纳闷，好像没见过这位家长。讲师依然讲得很认真、很生动。这位女子起身，给讲师的茶杯里加了点水，在他耳旁嘀咕了几句。

　　讲师停了停。随即又很认真、很生动地讲了下去。

　　下课了。他缓缓地告诉大家："很抱歉，今晚我不能待久了。刚才，我妻子告诉我，我的孩子，住在医院里，去世了。"他的声音有些哽咽。

　　家长们都大吃一惊，这才发现那女子眼睛红肿着。

　　后来大家常常聊起那堂课，都认为这是有生以来所听的最生动的一堂课。

嘈杂的车厢里

　　我才认识他。在拥挤不堪的车厢里，他让出了一点空地。虽然是过道，我已十分感激了。

　　我问他上哪去。他说他劳改刚刚释放。我陡然一惊：为他的特殊身份，也为他的直爽。

　　我缄口不语了，和一个罪犯，至少是一个曾经犯过罪的人，我不知和他还有什么共同语言，我的心扉已经"砰"地关闭了。他的头发的确也短，面颊似乎微显苍白。向我投来的目光，说不清是嘲弄、悲哀还是其他。

小腹涨涨的,想去上厕所。可一见和他紧挨着的行李包上缺一把锁,尤其想到他那令人不安的身份,我产生了犹豫。

我有点憋不住了,终于还是站起身。他飞快地瞟了我一眼,那一眼让我感到不祥和担忧。

匆匆地从厕所回来。行李依然是刚才的模样:拉链处有一个小小的凹坑,而他平静地坐在地上,托着腮正在凝思。

火车,隆隆地飞奔,车厢里真闷得慌。

路,还很长。

想象力

父亲带儿子爬山旅游,到了一个著名的风景区。

那儿峰峦叠嶂,千姿百态。

导游一路指点介绍,这个叫玉笋峰,那个叫猴子观海……游客们无不点头,叹为观止。

在一个山坳,导游又停步了。指着对面一座山峰,告诉游客们:"那山峰上两颗巨石,就象两只鸡在争斗,我们叫它'斗鸡'"。于是游客都说,哎,真像。真像斗鸡。

那个六七岁的孩子眼睛瞪得大大的,却摇摇头:"不像。"

父亲又耐心地讲解了一番,问:"孩子,像,还是不像?"

孩子仍然一脸疑惑:"不像,我怎么看那都像沙漠上行走的骆驼呀。"

父亲急了："你这孩子，怎么这么没有想象力？你再仔细看看，那个不是鸡冠吗，那个不是鸡嘴吗，那个……"

"你说，像，还是不像？"

"不……"孩子触觉了父亲的眼光，像触上了电。

"像不像？"父亲在逼问了。

"……"孩子无语。

"你倒是说呀，像，还是不像？"父亲瞪着他，导游和游客也在看着他。

"……像。"孩子的嘴瘪了一下，吐出一个字来。

"这孩子，这么小就有想象力了！"有人赞扬，父亲笑了，很高兴，是自己的儿子嘛！

泪水此刻在孩子的眼眶里打转，模糊了他的视线……

铺满阳光的大街

大街，川流不息。节日的花盛开在人们的脸上。

他低垂着头，匆匆地走着。

他怕引起别人的注目。他更怕有谁会认出了他。

他是罪人。三年前因为有了他，这条大街显得阴森恐怖。他曾在别人痛苦的失去中，得到了私欲的满足。

他匆匆地走着。皮肤呈现豆芽似的苍白。

他发现,从什么时候起,有人执拗地跟着他。

是以前的"哥们",抑或无辜的受害者?

他感到了紧张。阳光下,他感到了战栗。真的,三年前,当他屡屡作案时,也没有这样的心情。

他更加快了步子。

终于,他的衣边被拽了一下,然而却是轻轻的。"大哥哥,这皮夹是你丢的?"

是一个孩子。纯真的目光,甜脆的语言,水晶般透明的微笑,仿佛抹去了他心头的一丝惶惑,一丝烦恼。

他爱抚地摸了一下孩子的脑袋。他说不上话来,只觉得周身回荡着一股暖流……

是的,小弟弟,我丢失的东西,你已帮我找到。

第一辑

人生况味

舌头什么时候得罪了牙齿

正在品尝今日的美味，牙齿突然把舌头给咬了，咬得很狠，血肉模糊，喧闹的世界瞬间陷入寂静。那是充满惊愕的一种寂静。

舌头和牙齿一时都惊呆了，明人也惊呆了。他不敢相信，这平时形影不离、亲密相处的好搭档好伙伴，怎么会上演这样让人吃惊的一幕。不可思议呀。

任血流不止，舌头被咬懵了：牙齿怎么了，我什么地方做错了吗？什么时候得罪他了呢？自己怎么一点也想不起来了呢？自己是不是太糊涂，太麻痹大意，甚至太自我陶醉了呢？忽然有所醒悟：是不是牙齿受了双唇的什么煽动，对她滋生误解，并长时间地积压，在那一刻骤然爆发了呢？

她承认自己有时候嫉妒双唇，她一开一合，充满诱惑，那种娇柔的线条和柔嫩的触感，是天生的尤物。她甚至与牙齿太亲切了。她的确十分妒羡他们。但天地良心，她从未搬弄过是非，她与他们和谐相处，她也深爱着他们，而她与牙齿只是一对好搭档、好朋友。

双唇此时也不知所措了，生怕一举一动招惹麻烦。她沉默了许久，无法理喻眼前的现实。虽然自己与牙齿早已情定终身，须臾不可分离，这是世人皆知的。但牙齿一生少不了舌头这样的朋友。他们相互配合默契，共同品尝饕餮美味，咀嚼、品味并一点点送进食道，他们也一起忍受苦涩、咸辣或是灼烫，而且往往舌头总是承受更多。是的，舌头会说，会唱，婀娜的身条招人喜欢。她也会生生地嫉恨舌头，她与牙齿相处，比她默契，比她时间更长！不过，她真没有动过一丝邪念，使过一点坏招，舌头也是自己的好姐妹呀！她也知道，就像她与牙齿一样，也摩擦难免。甚或在悲伤奔突之时，牙齿还会咬住她，把她咬出血来。但这是他与她相依为命的象征。他们就是用这种方式共同抵御人间有一种被称作痛苦的事物的侵袭。

而今天这一咬，牙齿呀，你是否也太过分了？

牙齿也愣住了，刚才咬下去的那一瞬间，他很用力，但同时，他下意识地想立马收住，但已刹不住了。咬住舌头的那一刻，他的心也碎了。她是他多少年的天地无双的好伙伴呀，他们心有灵犀，连神经末梢都有共同的敏锐。他的成功有舌头的一半功劳！他对此只有感恩，怎么就冲动地咬了一口呢。

在大家都惊愕的时间里，还是舌头自救，一叠纸巾，覆住了伤口，并顶住了上颚，双唇也紧闭了，牙齿闯了大祸似的，战战兢兢，但也以一种巨大的克制力，扛过了半个时辰。

之后，舌头依然顽皮地扭动了身体，双唇和牙齿都看清了，血凝住了。那一道伤口却赫然醒目，像一条小蚯蚓，静静地卧在粉红色的底板上。

一切又归于平静，只是牙齿和舌头略显陌生了，他们相处得比以前谨小慎微了。其实，无论谁在猜测，明人心中最为明白。那是一次小小的事故，一块马肠刚放在舌头上，牙齿照例启动了，但这次用力偏重了，马肠他并不熟悉，及至意识到，已经来不及了。马肠滑出去了，受伤的是舌头，就是这样。

夜半歌声

初春的子夜,依然寒冷砭骨。街头人车稀落。夜风,舔弄起了一张纸片。纸片时而半空中飘舞,时而匍匐在地面上,喘息着,抵抗着风的侵扰。

明人刚为一部作品画上句号。一时无法入眠,就到街上溜达几圈。他看见一个佝偻着腰的老人,戴着老式的围巾,穿着中山装,在街上踽踽而行。他走得很慢,像是在寻找或者等待什么。明人迎面走来,他停了步,弱弱地问了一句:"你见到那个街头艺人了吗?"明人正想着自己的心事,有点恍惚,下意识地摇了摇头,自顾自走了。后面传来老人的一声深长的叹息。

那一声叹息把明人的心神又抓了回去。他站住,回望,老人已转身蹒跚而去。明人迟疑着是不是要快步追去。因为他感到了老人不可名状的失落。

他迟疑着,老人的苍老的背影渐行渐远。

忽然,街头想起了一阵悦耳的声响。明人定了定神。循声望去,那盏路灯下,出现了一个人影。稍顷,一个男人低哑的歌声,在吉他的伴奏下,在夜晚的街头飘掠。

与此同时,他瞥见那个苍老的背影也停滞了脚步,凝然不动,如树,好一会儿,他才缓缓转身,蹒跚着往回走。

那边的歌声在冷寂的夜晚显得苍凉深幽,甚至有一种悲壮。明人轻步走过去。他想,此刻街头卖唱的,必是十分困苦落魄的艺人。他从口袋里摸到了一张十元纸币,准备赐予艺人。

艺人却是一个精壮的中年男人,他正闭着眼投入地歌唱。手指在吉他的弦上熟稔地拨弄着。

那位老人在马路对面又站住了。他仿佛在侧耳倾听,身子都在激动地颤栗。

明人走近艺人,掏出纸币,塞入艺人冰凉的手心。艺人猛地睁开眼,五指伸开,毫不犹豫地推辞了。明人尴尬间,男子轻声耳语:"这位患老年痴呆了,没法和我们交流了,每晚,只有我的歌声,能唤醒他,让他早早地回家。"

明人惊讶了。他禁不住又瞥了老人一眼。他看见老人正注视着他们,像街头的一尊雕塑。

男子又轻声说道:"他很孤独,神情整日暗淡,但只有听到我唱这首《春夜冷吗》,他就像换了一个人。"

明人的心弦被拨动了,他想告诉他,刚才那老人还在记挂他,他不像是个老年痴呆患者。这时,老人竟迈着难以想象的矫健的步伐,快步走来。他像一个阳光少年一样,向艺人,还有明人道了一声,你们好呀!

他还老友似的拍了拍艺人的肩膀,说:"你唱得挺棒,很到位,只是个别词没唱准。"说完,他竟亮开嗓子哼唱了起来。

这回,艺人也吃惊了,一时不知说什么好。

老人朗声笑了:"你不知道,这是我年轻时所作的最后一首歌,我以为没人会知道这首歌,没想到,这些日子,在街头天天听到了你的歌声……"

"爸爸!"明人忽然听到一声呼唤。是艺人的呼唤!艺人此时扶住了老人的臂膀说:"爸爸,你是真正的艺术家!我们,回去吧……"

老人的眸子闪亮,他似乎点了点头,面带微笑,与艺人相伴而去……

如　厕

一

行驶半天了,举目远眺,四周还是茫茫戈壁。除低矮的红柳和茕茕孑立的胡杨树外,大地一无遮蔽。明人发现车上唯一的女孩,坐在面包车最后一排,几乎一动不动。前两次,车子路旁停歇了一会儿,大伙都蜂拥而下,不用召唤,四下散开,急急地就把一串长长的"热泉",喷溅在了戈壁滩上,很快一脸轻松地返回了车上。

那女孩一动不动。毫无声息地坐在那儿。

她即便肾脏再好,也憋不了这么久呀。

在一个路口,车又停下了。明人与身边几位兄弟咬了咬耳朵:"车上有女孩,挡一挡,非礼勿视。"兄弟们说,明白。放心吧。有的人挤眉弄眼。孰料,待明人方便回来,见几位兄弟在车上,竟把女孩团团围住,围得真是水泄不通。见明人上了车,大家才散开。

这批家伙!竟然挡住女孩的视线,为明人如厕打掩护呢,这阴差阳错的,真是令人哭笑不得。

女孩还是一脸淡漠。似乎什么都没发生过。

这女孩也真是的！这种事有何不能开口的,憋得自己找罪受呀。

明人是这车里最大的官,不能漠然视之。车刚滑动几步,他立即又让司机停车。司机十分诧异:"你不是刚撒尿吗?"明人也不管他,径直走到女孩那儿说了一句,"请你下车。"一车男子望着明人,满眼疑惑。

明人几乎是恳求她了:"请你去吧,快些啦。"

那女孩似乎明白了,缓缓起身,下了车。

明人大声命令司机:"往前开,不要回头!"

司机一踩油门,车就飞驰而去。

车上的那帮大老爷们嘀嘀咕咕起来:明人搞的什么名堂。

司机在明人的无声的盯视下,一开就是数百米。车停住了,几分钟后,明人又让车从原路返回。

到了方才停车处,门打开,姑娘走了上来,虽满脸通红,但看得出,一脸的轻松。她羞涩而又安静地坐到了后排的座位上。

车又启动,车上一片寂静。大伙儿仿佛听得出自己的心跳。一种温馨在车内漾动。

二

明人的朋友老古尿频。半小时一小时的,就要找厕所。上车下车的,就数他一人最为忙碌。

这天到了美丽的小城,刚进城区,他就憋不住了,嚷着让司机停车。司机停了车,门刚开,他就咻溜鱼一样地跃了出去,直奔路旁的围墙。就在他准备"开闸"时,一个穿着城管制服的队员出现了:"你,在干吗?"老古一看这架势,知道是专干罚款的营生,连忙收紧了腹。但那玩意儿已被拿出了裤裆,来不及缩回了。这城管队员于是追问一句："这到底在干吗?!"言外之意很明白,你这不是癫痫头上的虱子,明摆着的吗? 那老古也狠,嘟囔了一句:"我自己的东西拿出来看看,不行吗?"那城管队员一定是被噎着了,差点要笑喷了。但还是忍住了,就扔了一句:"看,也要找合适的地方,走,跟我走。"他一把抓住老古的臂膀,老古想挣扎,终究底气不足,被城管队员拽了几十米。他刚想发火,却见前面出现一栋建筑,上面写着"公共厕所"四字,他眉开眼笑,连声道谢,又像条鱼一样,哧溜钻进了厕所,犹如找到了天堂!

理　想

一

　　没有理想的人生是暗淡无光的人生。明人长大之后才逐渐悟出这句话的含义。可又有多少人能圆满自己少儿时的瑰丽的梦想呢!

　　高中毕业不久,明人一位小学的女同学琼热情地穿针引线,召集多年不见的同学相聚。这是一位功课一直最为优异的女生,初中毕业,全校唯有她考上了名牌中学,后来高考又被复旦大学录取。她完全是一个佼佼者,是值得骄傲的。她对明人提起另一位女生燕,也是蛮聪明伶俐的,小学文艺演出,她舞姿翩翩,既导又演,是个校园明星。她俩都长得美丽动人,也是众人羡慕的对象。读名牌大学的琼说,她俩年少时都有自己的志向。她想成为一位科学家,而另一位则满怀憧憬,立志成就邓肯之建树。此时,琼的口吻满是自豪。而燕呢,明人知道,她高考落榜,连中专线也未到。

十多年后,明人得知,琼已定居美利坚,据说在一个科研机构工作,说是科学家,明人尚不敢确定。燕是下海了,租个商铺,后又开了饭店,与所谓孩提时的梦想相去甚远。明人看看周围,已过不惑了,同学中下岗待业的都有了。难得有出类拔萃的。再想想自己,既为官又为文的,不伦不类,也不觉得有什么成就感,当初朦胧的理想也不知被时光送到哪个"瓜哇国"了。由此感叹:理想你到底属于什么,是风筝,是烛光,是可见不可摘的明月星光,是遥不可及的海市蜃楼?

听说有一个孩子写命题作文:我的理想。他写道:我长大要生个孩子,我要做个爸爸。老师点评一点也没责怪:你的次序颠倒了。明人佩服这老师的实在和幽默,又深为感叹:也许这才是最实际、最富人性的理想。

二

她给明人他们班上课,是新增的德育课。她有一张娃娃脸,她上课,明人他们心里就不踏实。

果然,讲到了理想,她实在诠释不了这个字眼。她干脆就举例了,说的是明人。说我们是理工科学校,可明人却做着作家梦,这是理想吗?不,这是不切实际的理想。同学们一片哄笑,不知是哄笑明人,还是哄笑她。

她是上两届毕业留校的,很平庸,她举了明人的例子,更显得她的贫瘠与苍白。

两年后,明人也毕业留校,不久,就担任了团委书记,后来也给在校学生上德育课。

讲到理想,他都心潮澎湃,他以自己为例,鼓励年轻的同学们敢于想象,不受羁绊,路是人走出来的,人有志,事竟成,只要持之以恒,没有什么不切实际的理想。他谈文学,谈人生,谈世界,谈情感,他滔滔不绝,无所不谈。他的慷慨激昂,如疾风骤雨,浸透了许多同学焦渴的心灵。

一直呆板的教务科长找他了,脸上却带着笑:"同学们都说你讲得生动,下学期你再继续授课!"

若干年后,很多同学在各自岗位上硕果累累,都给明人来信来电,感谢明人用文学与真情洞开了新的世界,开启了他们的心扉。他们大多在从事与所学专业相关的工作,但明人的授课至关重要,不可或缺。也有个别同学毅然转行,考进了自己酷爱的音乐专业,也有的业余笔耕不辍,年纪轻轻,也晋升为某市政府的秘书长……

而明人既为官,也从文,是这所学校毕业的佼佼者了。明人曾回母校给全校师生做过讲座,却没见到过她的身影。

明人其实是感激她的,因为激励有许多种,她的浅薄无知而引致的嘲讽,反而更加刺激了明人,这一定是她当年无法预知的。

我和你比毅力

明人推崇成功三要素,志向、方法和毅力。其中最为重要的当数毅力。人必须有志,有志者事竟成。有志还要注意方法,方法不得当,志向实现起来也会南辕北辙。而所有这一切,倘若没有毅力作为支撑，一切皆无可能，一切可能也化为乌有。明人坚持这套成功理论，因此对儿子也常以此鞭策。孩子十来岁时，他对孩子毅力的培养塑造最坚持的就是，经常在其耳边唠叨。

孩子似听非听，似懂非懂。暑假里，还是花大部分时间坐在电脑前，游戏玩得不亦乐乎。总算离开电脑一会儿，又坐在沙发椅上，打开 34 寸电视机，放上动漫碟片，看得津津有味。于是，明人叹道："儿子，你要有毅力！要有毅力做值得做的事呀，老玩游戏，老看电视，怎么会有出息呢？当初，爸爸小时候，就是埋头读书，坚持不懈，连电视也不多看……"儿子不耐烦道："那时你们没有电脑，如果有电脑，你也一定会玩个不停的。"孩子这抢白似乎有点道理，但明人一口否定："爸爸才不会这样呢，要有出息就要有毅力，没毅力，能做成什么事！""我也有毅力呀，我坚持上网玩游戏……""难道你玩电脑还能再玩出一个中国的比尔盖茨来！"明人来气了，儿子停了停，也不吱声了。明人想，这回应该把儿子说服了。

转眼开学了，接着很快冬天到了，寒假接踵而至。明人突然发现，平常住校的儿子，忽然变得颀长挺拔了。他很纳闷，问儿子，现在多高，多重了？儿子答："一米七六呀，体重 170 斤吧。暑假时也这个个头，可体重已超过 200 斤了。"这么说来，儿子这半年不到，就减去了约 30 斤，这真是减肥奇迹呀。说给同事朋友听，也让大家见了儿子本人。大家都很惊讶，孩子从小就是知名的小胖墩，前不久还是胖乎乎，走路左右摇晃的大熊猫，怎么说瘦就瘦了下来呢？儿子说："就是平常多锻炼，练散打，打篮球，还在健身房玩器械。""这可需要毅力呀？"大伙儿都叹道，"十四岁，就这么有毅力，不得了呀！"儿子听了脸色很平静，笑一笑，也没显出一丝得意劲来。但明人心里还是十分得意："呵呵，不愧是本人的好儿子,这么快就把毅力学到了,减肥这么有成果,可见儿子不一般呀!"愈得意,就愈向别人提及这个话题。

　　一次,明人就碰到一位仁兄,这位仁兄嘴也是把不住门的。他听完介绍,就调侃明人:"你怎么就减不下来呢? 你儿子都减三十斤了,你这么多年,看你减呀减,反而体重上升了。"还未等到明人回答,儿子在一旁却道:"我爸爸减不下来的。"明人瞪眼:"你什么意思?""你东西不少吃,怎么减下来,你是缺乏毅力呀!"儿子大人似的口吻,让明人哭笑不得:"你这小子,你还和老子比毅力,休想!"儿子也不理睬,早已转身坐到书桌旁,又玩起电脑来了……

师　恩

　　明人是懂得师恩之人。每每夜深人静,他都会想起从小学到大学曾遇见的各位老师,像过电影似的,那些老师,特别是印象深刻的班主任,在脑海——出现。他多多少少都领受过他们的恩泽,三十多年过去了,那记忆犹存,只是他已很久未与他们联系了,他们都七老八十的了,还都好吗? 他有一种想去看望他们的念头,但这念头很快被平日的忙碌给冲淡了。

　　有一个晚上,他想起了那位女教师,他的初中班主任 L。他心头立即浮起一阵歉疚。他记得,这位多年不见的班主任,有一次给他打了电话,电话里她的声音是谦恭的。她说她一直没买过房,现在两个孩子都陆续要结婚了,她看中了一家楼盘,想拜托他能打个招呼。他当时感觉有些突兀,在他心目中从来不无尊严的L,竟会主动找他,语气如此谦卑,而她所说的楼盘,他也真不熟悉,不知找谁为好。最关键的是,那时,他的父亲正在医院抢救,他是在医院过道接听电话的,魂不守舍,事后也把这电话里所托之事给忘得一干二净。数年后他蓦然想起,心里像堵着了一块石头。

L老师曾经对他有所器重。初中一入学,他就被提为副班长。这给予成长之初的他莫大的鼓舞。后来有一个学期评选三好学生,明人有一个体育跳高项目尚未过关,L老师专门委托体育老师课余为他一人补课。偌大的操场上就体育老师和他。L老师也特地下楼来关心打气。这一幕是令人难忘的。那张三好学生的奖状也是来之不易的。

但不久明人有所受挫了。受挫的直接原因在于L老师。那天姐姐代开家长会。他本以为L老师会对自己赞誉有加。带回来的评语却是:矮子里拔长子。明人明白,自己在L老师眼里,终究还是一个矮子,年轻人的自信心大受伤害。后来,他也没得到明显的关照和提携。高中,L老师也不再续任他们班主任,渐渐地,似乎也就疏远了。

毕业那么多年,未有见面。忽然已逾古稀的L老师来电求助,明人无论如何该助一臂之力的,但却因诸多缘故,他,未能出手。

这一搁,就搁成了心病。一晃,日子又过去了好多年。期间,他因其他老师求助,尽力为他们帮过些忙。唯独L老师再无来电和任何信息。

这一年母校校庆,明人作为毕业生中的成功人士被特别邀请。

他见到 L 老师了,他怀着深深的内疚,走上前去,他刚想深情地叫一声:"L 老师您好!"两鬓斑白的 L 老师淡淡地瞥了他一眼,从他身旁快步走过。

明人心中一叹:这辈子师恩是难以报答了。

"90 后"女孩

这天,明人多喝了点酒,被拽着到他同事家品尝金骏眉,刚上市的好茶。

同事家大客厅灯光明亮,里面一阵喧闹,原来他"90 后"的儿子把他的十来个男女同学邀请了来 party。同事皱了皱眉,明人见状连忙推了推他:"由他们去吧,我们就坐一边聊聊,不碍事。"

这些半大不小的孩子见大人进门,先是安静了一会儿,之后,又热闹起来。

同事与明人咬耳朵:"你不知道,这些孩子多么闹腾。我那个儿子,原名叫张国福,多好的一个名字,俗是俗了点,但叫得顺,又吉利。可这孩子偏要改名,改成了张唯唯一,什么乱七八糟的名字,中不中,洋不洋的。"

一个小伙子正吼着嗓子唱"卡拉 OK",他这时回过头来:"爸爸,你别损人呀,我这名字可是大师给起的啊!"

"什么大师呀,都是唬人的!"同事吐了嘴里的茶末,狠狠地说了一句。明人尚有点清醒,使了一个眼色,让同事别说下去了。"改个名嘛,有什么大惊小怪的。现在改出生日期的也大有人在,见怪不怪!"他是想打圆场,故意打哈哈。

同事儿子一听,眼睛亮了:"还是叔叔通情达理,我们这儿还有改属相的呢!"他叫来一位腼腆的女孩:"她原本属蛇的,现在改属鼠了。"

啊! 真有这么一回事吗?

那女孩轻声细语,蚊子嗡嗡叫似的:"我怕蛇,想到蛇就恶心。我胆子小,干脆就改属鼠了,反正,反正法律又没明令禁止。"那轻缓的语调里,还透着一股执拗,明人和同事已目瞪口呆了。

那女孩又轻声说道:"这又没什么的呀,我说不定哪天还要去改性,做一个男子汉那多爽!"

同事的双眼和嘴巴都睁得大大的。明人的酒却已醒了大半!

我好像见过你

明人应邀参加一个宴请。主人向他介绍了几位在座客。

一位女导演,名字是陌生的。握了手,明人觉得脸熟,就说:"我好像见过你。"女导演吃惊,转瞬莞尔一笑:"也许吧。"明人却记不起在哪儿见过。他们生活在南北两个不同的城市,见到的可能性很小。但明人对她的一笑一颦真有熟悉之感。

又介绍了女导演的助理,一位更年轻的大学毕业生,自然青春靓丽,据说刚随女导演不久。明人见了,又觉似曾相识。握着手就脱口而出了:"我好像也见过你!"人家的眼光飘了过来,里面完全是平淡和陌生的滋味。女孩刚从学校毕业,而学校所在的那个城市,明人根本也没落过脚。大家的目光也有点迷雾了。明人真不自在了。

类似故事还在不时发生。

这就令明人奇怪纳闷了,分明是熟悉的脸容,怎就真没见过呢?

有人哂笑了:"你不懂呀,你说好像见过人家,就当人家为梦中情人或者前世恋人呀!"坊间,还真流传这么一说的。明人发觉自己真是傻到家了,这话还真不能随便说。可就是梦中情人或前世恋人,也不应该这么多呀?而好像见过,也是明人真实的感觉呀。

明人一时没想明白。后来又有好多次,明人又撞见了这样的情况,不过,有女的,也有男的。人家真想不起在哪见过了。场面难免有点尴尬。一次,一位中年汉子倒能解嘲,也替明人解了围:"我就是一张大众脸,到处可见。"

也有朋友为明人分析,也许你识人太多,而天下的脸又太多雷同,你就常常也会有这种感觉。想想也是,人与人总会有相似之处,张冠李戴的事都会发生,这相像的脸,应该也不会少的。明人想想就释然了,不过以后的场合,也就不提了。除非从对方的目光里,也读出了曾经相识的热情,才会互提互认。

某一天,明人又在一个初到的城市,参加一个 party。20 多人很早就到了。除了主人,皆为陌生的年轻人,青春洋溢。主人隆重介绍了明人。明人谦恭地向大家点头致意。

一个男孩亮着嗓音说:"老师,我好像见过您。"明人抬眼打量了一下对方,小伙子很精神,却十分陌生。他断定没见过他,就笑着说:"不会吧,我就是一张大众脸。"

小伙子却眨了一会眼睛,坚决地说:"我真的见过您。去年您给我们上大上过课,还给我签过名呢!"

哦,明人想起来了。这回不是"大众脸"了!

超　前

明人的老同学 L 君邀他一聚。又是电话又是短信的,明人难拂盛情,那天下了班就匆匆赶去了。

路堵迟到了。一到才发觉老同学都来了,好多还是毕业之后就没再碰面的。那种同窗情谊自然是乐融融的。席间笑声喧语,也都为 L 君这么热络地组织大家而频频敬酒致谢。忽然,服务员推车送来一个圆圆的大蛋糕,上面插着蜡烛,随即,音乐声欢快地响起。是祝贺生日歌。

是谁的生日呀!大家都在互相询问时,一个与 L 君平素就十分密切的同学揭秘了:"L 君再过十五天就生日了,为了大家团聚,L 君就提前过了。"大家先是一愣,随即鼓起掌来,一起为 L 君唱起了生日快乐歌。

明人这时想起,L 君历来具有"超前"意识的。在学校读书那阵子,这种"超前"就很突出。比如最早就与邻班的女生恋爱了。毕业不久,就率先结婚生子了。比如毕业前一年,就与某声誉卓著的设计院挂上钩了,也是班里第一位毕业后就如愿正式工作的。

工作之后,很快便升职,又迅即跳槽,又报考机关,虽官级居明人之下,可也已副处多年,是蛮有实权的机关要员了。他的

"超前"意识与运动轨迹,也是让同学欣羡的。

明人于是笑问 L 君近日还有何"超前"行为,也好让大家借鉴借鉴。有位老同学用羡慕的口吻迫不及待地介绍:"L 君已买了四套房了,连为他儿子和未来孙子的婚房都准备好了。"大家啧啧赞叹,L 君则笑而不答。那同学又补充道:"L 君连退休以后做什么都安排好了。"大家甚为好奇,都看着 L 君。

L 君一笑:"这不稀罕,已让人组建了一家公司,退休后自己干,好多人都这么做的。"处长总有一天不能做的,人也总要退休的。

大家愕然……

L 君又笑:"其实,更超前的是,我把百年之后的墓位也买好了,就那个著名的长青墓园。你们想想,现在已卖五万一个,我这处长有权不用,过期作废,呵呵,打了个对折。想想,我们还都四十来岁,再过四十年,恐怕上百万都买不到了。那时年老体弱,又无权无职的,那就只能干瞪眼了。"

这才是真正的"超前"呀,明人与同学们被震撼了,好久说不上话来……

花　节

B 市、C 市都在举办花节。毗邻的 A 市市长坐不住了。四方游客都直奔 B 市、C 市了。客源就是资源,A 市怎么可以坐以待毙。于是,A 市市长邀请了好多专家名人研讨策划,明人也有幸位列其中。

　　A市的研讨主题毫不含糊，专家名人的建议也直奔主题。有的人建议，既然B市、C市叫什么桃花节、梨花节，而A市菜花更多，干脆就叫菜花节。春天菜花一片黄，那千亩万亩菜花盛开，该是何等壮观。只要整合一下农田，再拔掉几垄稻田，那就水到渠成了。有人撇嘴，这也太没品位了。还是种些牡丹好，没听说过吗？百花丛中最鲜艳的就数牡丹哦。那牡丹雍容华贵，堪称花王，人见人爱，足见A市的高贵大气呀。城市富贵，就是一市之长富贵，高贵可是千金难买。市长心花怒放。可边上有人嘟囔了一句："A市可一朵牡丹都不见呀。"市长听了直蹙眉。也有一位所谓花卉专家慢吞吞地说道："实际上，这A市不是有不少狗尾巴草吗，那开的花也很美呀。""可狗尾巴花总是太俗了吧。"市长诘问。专家则立即摇首："这太俗即为大雅。这别具一格的名字，总是更让人耳目一新。"

　　"可这名字，也太……，A市搞狗尾巴草花节，邀请人家也不好意思呀！"市长一捅破，大家捧腹大笑。

　　大半天过去了，还是没有结果。倒是市长中午宴请时，明人插科打诨，想出一招：A市花的品种不少，就是不成规模，干脆就叫"花花节"吧，一定叫得出，打得响，本是席间酒话，倒引起一片喝彩，市长当场拍板："太好了，就这么定了！"搞得明人不知如何是好。

　　首届"花花节"开幕时，明人受邀，但绝不敢出席，借故推辞了。但见媒体上报道频频，好像挺热闹的。问秘书，是否知道详情。秘书说，各地鲜花节网上都会自发评奖。他听说，A市的"花花节"还中了什么奖。明人惊讶："真的？"他赶紧让秘书上网细查。终于搜到了，A市"花花节"得的是最差搞笑奖！明人晕了！

节 日 短 信

手机来短信了，老同学发的，是典型的钻石王老五。他告诉明人一个好消息，说他今天结婚了，娶了一个大明星，让明人赶来参加婚礼。明人先惊后喜，这王老五总算加入围墙，不容易，于是赶紧发了祝贺短信。还约另一位同学同去贺喜。那同学死活不相信，他说昨天还与那王老五喝酒打牌一个通宵，从来也没听说这回事。正纳闷时，那同学提醒："今天4月1日，愚人节，是那小子在开玩笑！"果然，是4月1日，是被老同学开涮了。

某天，正主持会议，手机震动了，来短信了。明人一看，汗毛直竖："告诉你一件事，今天晚上，有一个白发老男人将半夜潜进你家孩子的房间，他将把准备了一年的东西，放在他的枕头边……"明人的表情变了，嗓音也变了。他借上厕所，离开了会场。他再仔细查看，是一位好朋友发来的，他祝明人和孩子圣诞快乐！呵呵，那老男人竟是圣诞老人呀！明人真是哭笑不得。

三月的一天，明人又收到一则短信："种瓜得瓜，种豆得豆。你去年此时播撒的种子，今年长得很好。"再定睛一看，是某孤儿院发来的。明人百思不得其解，自信做人从未做过过分的事呀！忽然感悟，今天是植树节，去年他带机关干部到隔壁孤儿院草坪上种植了一片小树林，原来是孤儿院报告生长的情况来啦！

春节上班没多久，一位熟人又发来短信："我刚才听说了你的绯闻，她说她与你在一起很快乐，你也喜欢她。她的名字叫袁潇杰。"这是谁在胡说八道。明人气不打一处来。还什么杰的，敢情认都不认识这个人！打开冰箱，取过一罐冰啤，牛饮一般灌进肚里，瞥见了冷柜里的袋装汤圆，蓦地醒悟过来，"袁潇杰"，原来是元宵节呀！他大笑，随即把手机狠狠砸在了地板上。

善　恶

一伙朋友吃饭又瞎扯开了。主题渐渐明晰起来：一个善人与一个恶人，在这个时代谁更占便宜？大伙儿陷入沉思。

一位大学教师"为人师表"地先说了："我看是恶人得益，上次职称评定，就一个教授名额，本来两个副教授不分上下，学校原本要召集有关人员无记名投票确定的。可一个副教授就吵到校长那里，说是若自己被拉下来，不会让他日子好过。校长也正面临提升，欺软怕硬，也就找了些理由，把另一位拉下来了。另一位至今不知是什么原因呢，还以为是名额有限，投票决定的呢！"

一个在商海扑腾的朋友接过话头："我赞成。现在恶人确实得益。他们懂得厚黑学，找领导，找朋友，还使阴招。我认识一个商人，就很歹毒，谁和他抢市场，他先是小恩小惠笼络人，不行就放出话来，恐吓人家。我们做生意还不都想求个太平，惹不起躲得起呀！"

挨到明人了，明人还真不知怎么说好。这些年在官场摸爬滚打，也碰上不少恶人、小人之辈，吃过亏，虽无伤疤，但时不时心口还隐隐作痛。那些小人得志更猖狂，说了也白说。明人转而问坐在一旁的Z君,这可是"70后"的小字辈,现官职已超明人了。他应该有更精彩的说法。

那Z君其貌不扬,但面貌和善,谈吐一点不俗:"这么说吧,你们认为如果在唐僧、悟空、沙和尚和猪八戒中挑一个做领导的,你们会怎样选择?"

大伙儿经过一阵思维的碰撞,都做了一回西游道上的组织部长。可结果相差蛮大。于是目光又转向Z君。

Z君说道:"这四人都不合适,"停顿了一会,又说,"他们四个各有特点,唐僧善,悟空狠,沙和尚忠,猪八戒傻。现在都行不通了。"

那领导怎么产生呢?大家笑问。

Z君胸有成竹:"能把他们的特点结合在一起的,就可担当重任。"

大家似有所悟,还想问个究竟。Z君已笑而不答了。一切只可意会,不可言传了。

有朋友对明人咬耳朵:Z君对他说过,做官面要善,但心要狠,需要时应该无所不用,该出手时就出手。这才是成功之道。

明人愕然……

万能民工

明人今天十分高兴。表彰大会座无虚席,气氛热烈。大领导始终笑意盈盈,临别时还夸奖明人组织得好,很有气势。明人舒了一口气。如今这样枯燥乏味的千人大会，经常会乱糟糟的，下边的人稀稀落落，会开到一半已所剩无几，而上边的人也看着不舒坦，难免尴尬。而这一次，会场几乎没什么迟到早退的，掌声还蛮热烈的。明人就有些激动，他要好好表扬办公室主任几句。

刚出会场，还来不及开口，就看见门口一大批人拥堵着，一看便知是上访群体。一问保安，说是某居住小区反对附近建变电站，之前就来过几次，不过今天人员甚众，黑压压一大片，阵势不小。这事搅得这么多人人心不安，明人就有些责怪电力部门了。这时，保安队长向明人咬耳朵："不搭理他们，这里只有几个人是小区居民，绝大多数人都是他们在附近工地招来的，是来临时摇旗呐喊，以助声威的。"明人摇头，这种招式居然也用了，我们民工兄弟真是万能呀。前些日子，一个楼盘预售，为避免团购和哄抢，开发商特意规定每个人只能领一个号，购一套房。没想到，预售那天，依然人山人海，很多排队者从凌晨就开始行动了。真让人惊叹。更让人惊叹的是，有人爆料："这大部分购房者是属于一个炒房高手临时雇的，身份竟然全部是民工，一人领到一个号，可获100元。"明人感叹："这些民工也真是呀！怎么什么钱都去赚呀。"

明人刚感叹了两句，办公室主任却又递上一纸公文："领导，还得请你签字，刚才参加会议的800人，得每人支付50元。"

"什么，开会还要付费？"

"哦，那800人，是我们从几个工地借来的民工，说好的，自始至终参加，每人发50元的。"主任连忙解释。

啊？呵呵，难怪呀，难怪。我们的民工，我们万能的民工呀！

安全带

人有时还是要自己保持尊严的。否则自己看轻自己,低声下气的,恐怕命也会断送。

说此话的是明人。而明人是有感而发。令他发出这一感慨的人是一位老师。

老师姓培,是男性,可不够男子气。先说两个小细节。怕老婆。老婆一个电话打来,他在办公室没犯什么错,也会紧张,说话都结巴。原来老婆让他少抽烟甚至戒烟,他手里头正夹着一支烟,仿佛电话那头的老婆已嗅出烟味了。还有,他经常自己卷烟抽,收集自己抽剩下的香烟屁股,搞了一个卷烟器,每天抽空卷上数根,放在烟盒里,人称"培烟"。

这位培姓老师不坏,可爱占点便宜,因此也降低了自己身份。

当时一个处级学校,就只有一辆小汽车。原来是上海牌的,后来更新为桑塔纳了。这辆车校长、书记要坐,学校的中层干部、老教师外出也想坐,还得迎来送往,照顾上级贵宾、客人,也挺够忙的。培老师是一般老师,但外出,也想蹭车,舒服,或许还显摆。

开车的司机是原来学校的一位征地农民工。说话粗声粗气,人长得也粗。这天,培老师总算第一次用上车了,很高兴,坐到小车副座上,就拿着"培烟"向司机献媚。司机也不理他,忙着启动车子。司机发觉警示灯在闪,便扔他一句话:"快系上安全带。"培老师大概没听见,什么:"安,安全,套……"司机又朝他吼了一下：“安全带！”“哦，哦。”培老师才醒悟过来，拿着座位上的安全带扣上了。

一路上，车很闷热，司机也不搭理培老师，培老师则有些战战兢兢。开出好远了，培老师忽然对司机说了一句话，声音也有点走调了："师，师傅，这安全带，怎么，这么，憋人……""什么？"司机没听懂，再一看，原来，这培老师把安全带直接扣在自己脖子上了。他就这么憋了一路！

司机与狗

司机是朋友的司机，他时常会接送一下明人，当然是参加朋友的活动。

那次从九华山回来之后，明人看那司机的眼神就有点古怪了，或者说，司机在明人的眼中，变得奇奇怪怪的了。

明人憋不住，对司机说："我看到你，怎么总觉得好怪。"

司机很诧异，眼睛疑惑地注视着明人。明人却不说下去了，他痛苦地闭上眼睛，似乎要忘却什么。

司机如坠云雾之中。

有一天，明人又憋不住对司机说了，司机也憋不住了，问明人到底什么意思。明人又痛苦地闭上眼睛，司机依然迷惑不解。

这一天，很晚了，明人参加完一个活动，朋友让司机送明人回家。途中，明人时不时打量司机。司机也察觉到了，很不自在。明人是朋友高贵的朋友，司机又不能随便发问，这不礼貌。

倒是明人主动又问了一句:"你的属相是……"司机回答,属兔。"不会吧,你不应该属兔的。"明人说得斩钉截铁。

司机说的更斩钉截铁:我就是属兔的,我自己属什么会不知道! 司机心里憋着一肚子火。

明人嘿嘿笑了:"我说你不是属兔的。"

"那你说我是属什么的!"司机也不客气了。

"你应该属狗。是的,属狗的!"明人一字一句,说得清晰。司机的脸都涨红了,他也嘿嘿笑了,笑得真是稀奇古怪。

明人没再吭声,他心里在问:"他真是属狗吗?"他也犹豫了,吃不准这答案究竟如何。他甚至觉得他是连狗都不如的。可是,这感觉更难说出口。

司机讪讪地笑。明人却已灵魂出窍一般,未置一词。司机的形象在他眼前又模糊起来,是人还是狗,还是那个小白兔? 明人头痛欲裂,无法明辨。

那次,司机送明人从九华山回家。有一只狗突然从路旁的农舍蹿将出来。车子依然快速疾驰。明人很快就听到一阵清晰的碰撞声。撕心裂肺的狗叫声,让他不寒而栗。而司机若无其事,继续踩着加速器飞驰。明人当时也懵了,好久才缓过神来。那惨叫声就一直萦绕在明人的耳畔,总不能消散。

这回,司机脸红了,明人也明白了,原来这狗的形象一直没离开过,他惦念着那条狗呀!

但人有时真不如狗,明人无奈地感叹。之后明人就不要这司机相送了,他不愿想起那条悲惨的狗了!

手心里的痣

很多贵人簇拥着他。对他十分的尊重，包括明人的上司。这个油光满面的人究竟何许人也。明人正襟危坐，不敢吭声。

酒过三巡。召集人絮絮叨叨的介绍之后，明人才知晓眼前这个面相几近猥琐之人就是好多人津津乐道的神人，刘马。这刘马据说饱学诗书，通晓天文地理，早年出过家，后还俗并自称居士，会看手相，许多官员商人都愿意与他吃饭一聚。仿佛从他处可得到一丝天机，增加一点仙气。

这当儿，那些贵人们纷纷伸出手掌，像袒露自己的胸膛一样，期盼刘马大师的指点。他对每个人的手相都说得神神叨叨。他出口成章，旁征博引，有立有论，让在场人颇为信服。被说的人也都心想事成一般，饶有兴致，有些提及的险象，似乎也不以为然，照样神采飞扬。轮到明人了，明人有点迟疑，想起二十年前，他在一家青年干部学院培训，当时也流行看相。他也斗胆为那些年轻人看相。连蒙带猜，竟然说得他们十分信服，一传十，十传百地要来让他看相。后来他甚觉荒唐，心里发笑，又感到在学校如此，影响不佳，于是坚决辞客了，也笑谈洗手不干了。所以，这些年来，他对这些玩意儿总有点怀疑。

他本不愿伸出手掌的，但看着刘马大师殷勤地在凝望着他。大伙儿也在一旁怂恿着他。他犹豫地摊开了手掌心。

明人皮肤并不白皙，但手心光洁鲜嫩，血色隐约。唯有正中心有一颗黑乎乎的东西，十分醒目。刘马的眼睛看得直了，显然那颗痣一样的东西吸引了他。他用探究古文物的眼光,仔细端详着明人的左手心,凝思许久,令气氛也更加凝重起来。

明人瞅着刘马大师,又瞅了瞅大伙儿,有点好笑,但憋住了。这玩意跟随了他这么多年,他心里有谱。

刘马大师这会抬起头,定定地望着他,缓缓地吐出几个字:神,神人!神就神在,这一颗痣隐在表层里,无棱无角,无法触摸,隐而不露,又不看自明,凤毛麟角,百万人才会有一个,那是一种神器,喻示你从容大度,玩权术于股掌之间……

大伙儿的眼睛都直了,连上司看明人的眼神都有点古怪,那里面一定酸味浓重。

刘马还在滔滔不绝。明人却一言不能发,如坐针毡一般。

过了好久,席终人散,刘马还紧握着他的手。

回到家,明人就呼呼睡着了,这些鬼话能有什么作用!就当是催眠曲吧。至于那颗痣,完全是一场偶然事件。那还是小学念书时,他拿着铅笔双手叉在身后。人靠在教室的后墙,一位同学不小心靠在他身上。他避之不及,铅笔不巧就扎进了手心里。很久很久,那里留下了一个印记,如淡淡的黑痣一般,无法消散。

大师没把它视作噩运当头,就是自己大吉了。明人想。

秘　密

很小的时候,一个小朋友悄悄告诉明人一个秘密:他的母亲不是亲生母亲。他把明人视为最好朋友。明人一愣,他一时还不明白是怎么一回事。小朋友解释说，他的亲生母亲上天堂了，他的父亲又再娶了现在的母亲。他哥哥就是继母的儿子。明人的脑子里就浮现出好多后娘欺侮孩子的种种传说，连忙追问："那你妈，哦，继母，是不是很不喜欢你？"

小朋友的脑袋顿时摇得像个拨浪鼓："没有，没有的事哦。我妈妈对我挺好的，比对我哥哥还好。哦，我再告诉你一个秘密，你千万别告诉别人，特别是我哥哥哦。"

在明人发誓不会告诉别人之后，他神秘地凑近明人的耳畔，轻轻说道："每天晚饭，我吃着妈妈盛给我的满满一碗饭，扒拉几口，就会发现碗底有异样，我悄悄察看，不是卧着一个荷包蛋，就是一块大肉。我与妈妈在爸爸和哥哥没有察觉时互视了一眼。我知道，是妈妈厂子里带回的，是偏爱我。"

小朋友说着眼睛也发亮了，有一种幸福感在闪烁。明人拍了拍他的肩膀："你妈真好！"

明人后来注意到，这一家人很和睦融洽，哥哥待弟弟也视亲兄弟一般。以后，两人在父母的关照、培育下也很争气，都考上了大学，也都有了一分不错的事业。

好多年之后，明人又邂逅了那位当年的小朋友。他已是一个企业的老总了。两人亲热地交谈，明人还问及他的父母。

谈及母亲，也即他的继母，那位朋友一会儿就泪水盈盈了。他说她已操劳过度，也已上了天堂。他说她是多好的母亲呀！

那位朋友忽地问明人："你还记得我曾经给你说过的小秘密，那碗里的荷包蛋和大肉吗？"

明人说："知道的呀！"

"我原以为这是一个不可说出去的秘密呢。我怕哥哥嫉妒，你知道，那时我们都小，又分别失去了父亲或母亲。对这新家，心里头都既敏感又脆弱着呢。母亲的一举一动都可能引发我们心灵的波澜,甚至影响我们的心理发育。"

"那后来呢?"明人等不及了。

"也是和你说过之后的好几年,我和哥哥已完全如同亲生兄弟,我们这一家也完全牢不可破了。我有一天,就把这秘密告诉了哥哥。没想到,哥哥淡淡一笑,说:'我每天晚上的碗里也有一只荷包蛋或者一块大肉。我知道是妈妈偷偷放的。可有一次问她,她说让我别说了,她说这是爸爸特意嘱咐的。我知道,她是让我向着家,向着爸爸,爸爸、妈妈其实真是世上最好的爸爸、妈妈!'"

朋友叙述完了,眼睛里还噙着泪,泪花中还有一种光芒。明人发觉那是在他孩提时代就闪烁过的,一种真正的幸福感!

距 离

下车时,导游再三提醒,你们别靠太近了,天鹅会飞走的。

明人和游客们兴奋地扑向湖边,但很快一车人几乎不自觉地形成了一个扇形,向赛里木湖岸边缓缓走去。

初秋的赛里木湖一片静谧湛蓝,蓝天白云和远处隐隐约约的冰川雪峰,让这片天地宛若童话世界。七八个黑点,在湖畔一溜排开,像井然有序的省略号。那是天鹅在湖边优雅地栖息。

愈来愈近了。小小的一个个黑点已显出一个个婀娜多姿的形态来了。大家还在轻步挪近。

该停步了，明人想，并且迅速抓起相机，拍了一个远景。这时，他看见镜头里有一个小黑点已站得更挺立了，翅膀也微微抬起来了。

他轻声唤道：别往前了，再走，天鹅要飞了。

只有边上几人朝他瞥了一眼。绝大多数人依然在往湖边走去。

又有两个黑点亮起了翅膀。这应该是明白无误的信号了，天鹅们已经开始警觉了。

明人也急了，自己的脚步放得又轻又慢，仿佛在原地无声地踱步。但其他人还大兵压境似的，还在向天鹅逼近。

又有若干天鹅亮起了翅膀。有人相机的咔嚓咔嚓声，也如炸雷一般声响。

这个距离已足够近了，明人又低声唤道："别再靠近了，别再靠近了。"他甚至伸出手臂，想拦住身边的几个游客，但他们乜斜了他一眼，躲开他，直往前去。

这时，先有两只天鹅扑楞楞地飞走了，又有几只稍稍迟疑了一下，也挥动翅膀，飞掠而去。很快，刚才在湖畔栖息的所有天鹅都远离了，差不多都立于粼粼清波上，又成为遥远的一个个黑点。

明人想，在那些天鹅的眼里，散落的游客，此时也只是湖畔一个个失落的黑点了。

明人无法精确地估算他们与天鹅的距离，但他知道，这些距离是必然存在的，就像他和这些游客之间，有时也存在不可回避的距离一样。

保　安

那个保安来自苏北，一口的普通话，带着家乡口音。明人和他聊过，那次他早下楼了，司机还没到，他就和这个保安聊了一会儿。

这个保安长得五大三粗，说话瓮声瓮气的。明人叫不出他的名字，但他的脸很熟悉了。

闲聊中，保安礼貌客气，也知道明人住在哪幢楼。

有一天，明人在外，有一个陌生手机号打了进来，一接，是一个很不耐烦的外地口音。几句话后才听明白，对方是快递公司，有一个快递要送给他，因为家里没人，要等他签收。明人说，你放门卫那呀。对方说，门卫不肯收。明人说，你把电话给门卫处的保安，我和保安说。保安接听了，是苏北口音。明人请他帮忙先签收了，保安一口答应了。

以后明人好多事都找这个保安，连房门和车钥匙之类，都放保安处中转。从未误过事。那个保安还是很认真敬业的。

某一晚，在一个即将打烊的超市，刚购了物的明人听到一阵嚷嚷声。他定睛一看，是超市的保安拦住了一个人，要搜他的身。那人竟是小区的那个苏北保安。他穿着便衣，不穿制服的模样，更显粗犷。

超市保安怀疑他衣服里偷藏了东西。他则百口难辩。明人望了一眼保安，上前为他求情。超市保安问，你认识他吗？他叫什么名字？明人说不出，超市保安就不放行。无奈，明人认识他们老总，打了电话。老总问，你认识他？他叫什么名字呢？明人还是不知道他的名字，但他以自己的人格担保。老总下令放了他。

出了门，他对明人致谢，说他确实没拿什么东西，说完，他还脱下了上衣。明人阻止了他。他相信他。

之后有人问明人，你连他的名字都不知道，还敢这么保他？

明人说，我不知道他的名字，甚至他姓什么也不知道，但我知道他的心，心善。有的人我知道他的名字，也不敢担保他呀！

忏　悔

明人刚写过一篇文章《忏悔》，发表在一家颇有影响的刊物上。在那篇文章里，他自我剖析，极富于自我批评精神地对自己所谓的成熟，其实是心灵麻木进行了反思和忏悔。所举的事例就是路见摔倒的老人，不敢援手，助上一臂之力。

这篇文章是他的得意之作，文章发表后引起不少人的共鸣。他们对明人的坦诚和直白大为赞赏。他自己也对发表的文字反复读了好几遍。

没想到不久就有了一次对明人心灵的真正考验。

明人驾驶小汽车想要右转，拐进小区，孰料正好一辆电动车在右侧道路飞驶过来，车右侧与电动车撞击了，明人赶紧刹车，但电动车和骑车人已翻倒在地。骑车人倒地之后，脑袋稍抬了一下,迅即又奔拉在地。暮色之中,这让明人心里暗叹一声:"完了!"

他赶紧下车,走近骑车人。他此时唯一想着的,就是骑车人别真的倒地而亡了。他推了推,发觉那人还有知觉,连忙想扶他起身,心里祈祷,他能爬得起来。他死劲拽他。似乎十分困难。他非常担忧。后来他把电动车扶正了,再拽骑车人,骑车人很快就站了起来。那是一位外地民工。模样看上去三十岁左右。刚才显然是电动车压着他了,他才不能轻松地爬起。明人略为放心些了。但他随即想的是,没什么太大的事,希望快些了结。他找了个正好在路边围观的路人帮忙做中间人,给点钱了结。

骑车人见中间人报了几百元的数目,心有不甘,再三说要报警。他一瘸一拐的样子,似乎又不像是在敲诈。

明人想,再提点价码给他,可看他不想善罢甘休的架势,也不敢再喊价,怕太被动了。

他想,就让警察来吧。他只想别暴露身份。这民工如果知道是有一官半职的,那对他的索赔不会更高吗?

警察来了。一看现场,就判定明人是全责。他要了明人的行驶证和驾驶证,叫了拖车,准备把明人的车子拖进交警队事故组。口气不失严厉。

明人急了,赶紧悄悄拨了一个熟人电话。还关照熟人别透露了自己的身份。

很快,处理事故的交警接到了电话。耳语几句之后,他对明人的口气明显改变,打了电话让拖车也不要来了。

交警做起了调解人,让民工报个价。

民工说可以先不要钱,让明人陪他去医院,或者留个电话给他。这听起来似乎有道理,但明人只想尽管摆脱,怕留电话以后有麻烦，就不答应。

最后交警裁定，开了事故处理单，让明人先拿出一千元。并且说明，如果骑车人有骨折，一千元不够，可找交警，他会另行处理并开单。

民工无异议，明人也觉得这样爽气一些，便答应了。这时，他关注的是人手一份的事故处理单上，自己的名字模糊些。他怕民工知道他，胃口又会膨胀。

还好，纸面上文字并不清晰。

骑车人推车走了，他终于舒了一口气。

之后的 24 小时，他也担心有电话打来，因为他们都说，如果 24 小时不来电话，那么检查结果就不会严重。另外，也有可能那个民工舍不得去医院花那笔钱。即使没大伤，去医院挂个号拍个片之类就得几百元吧。明人想，那民工应该是舍不得的。

那一天，他忐忑不安。而当 24 小时过后，他感觉轻松了，心想，自己也算是逃过一劫了。那民工从此与自己毫不相干了。

有一天，他又不经意翻到先前那篇文章。他的那篇得意之作《忏悔》。这回，他皱了皱眉，把它迅速翻过去了。

钥匙包

把钥匙包寄放在保安处，这已持续了好多年了。

有时钟点工要来打扫，明人偏巧外出，就把钥匙包托付给了门卫处的保安，让钟点工到了自取，完了之后，再交回保安。有时是家人要来拿个东西，明人不在家，也会留下钥匙包，托保安代为转交。

钥匙包里有门钥匙，也有内室和报箱什么的钥匙，一串，能把自家的角角落落都打开。保安呢，多半是叫不出名儿的。脸或熟或不熟，是流动的，都是来自异域他乡，反正都是这小区的保安。

钥匙包时常搁那儿，明人也没有什么担心。

大约是在那天老同学大张登门拜访之后，明人感觉不自在了。

大张也是干保安的。他说，他们小区连续发生失窃，首饰细软为多。费了好大工夫，才抓获盗贼，竟是保安所为。这个保安平常表现得很不错，待人也诚恳谦和，公司给他的待遇也不赖，但他说要结婚了，手头紧了，就走歪路子了。他们是经过层层排查，想尽了办法，设置了重重陷阱，才把他现场活捉。

明人听了，脑袋就大了，如果自家小区保安真这样，也够呛的了。

果然，他就感觉不对劲了，书架是敞开的，他经常出差会买点当地的小玩意儿，放置在那儿，有的价值不菲，有的则物以稀为贵，在书架上随意摆开。疏疏密密的。现在，他总怀疑少了几件。

大厨柜抽屉也是不上锁的，现金首饰什么的，也胡乱塞在里面，被提取也是很随意的。他怀疑那也被动过了。

虽然他无法盘点清楚，但心里总不踏实。

他路过门卫，看见保安，总是盯着他们的眼睛。他相信眼睛是心灵的窗户。苏联的一部老电影里就有一句经典台词，叫作："请看着我的眼睛！"心里有鬼，眼睛就不敢正视自己。可是，这些保安，你还真难以辨别。他们的目光既不躲避，也不直视，显得很温和，很善意。

后来又想到了钟点工，如果她一介妇人本也是小偷小摸之人，这该如何设防。

那一阵子，明人茶饭不香，一筹莫展。

他不可能自己老待在家里，做个宅男。也不能辞了钟点工，让家里狗窝一般。他本来工作就忙，这一下恍恍惚惚的，精不聚，神不会，耽误了好多事。

就这样，又一段时间过去了。钥匙包依然还经常托付在保安那儿。钟点工依然按照他确定的时间，每天来收拾屋子。

有一晚他又做了个恶梦，梦里自己的屋子遭劫如洗。他惊醒了。打开了房间所有的灯，他觉得一切依然如故。连书橱上的那些小玩意儿，都如乖顺的鸟儿一般，栖息在那儿。

他继续睡了，他想，可能是自己想多了，这世上还是好人多的，不能为了极少数的坏人，而陷入寝食难安的生活境地。

他在梦里轻松地笑了。

贵　人

那天清晨，早早醒来，小乔就起床了，她到自己的服装店去瞅了瞅。外来妹小唐吓坏了，老板从来没这么早到店里，是对这里不放心，来查岗的吧？幸好她今天按时进了店门。如果像前几天那样迟到半小时的，还不被抓个现行！也幸好今天路顺，看老板的脸春意盎然，这个小服装店的唯一伙计，心也从嗓子眼落窝了。

小乔今天确实心情愉悦，因为她下半夜做了一个梦。梦中有人告诉她,今天她将遇上一个贵人!

这几年侍弄这个小服装店,一年下来,也没多少进项。她已经有些心灰意懒了。她的好些同学或发了大财,或做了不大不小的官,或在欧美办绿卡去了。自己还只守着这个租来的小门面,打发时光,真是憋闷得慌。她不相信自己只是这般命运,她觉得只是缺少机遇。没想到,残梦将尽,却令她心中不无窃喜,贵人,今天你在哪里?

她这么早到店,只是象征性点个卯。她不相信贵人会在这里出现。她出了店门,往对面的咖啡馆走去。

上午的咖啡馆冷冷清清。女服务员看她的目光也是冷漠的,她点了一杯卡布其诺,不加糖,轻轻呷上几口。直至杯子见底了,也没见什么人进来。她觉得自己挺像守株待兔的,站起身,走了。

在门口,她撞见了她的一个老同学。老同学和她寒暄了几句,便匆匆告辞了。她望着远去的老同学的背影有点怜悯。据说老同学早早下岗了,生活很不如意。

她沿着商业街一路溜达过去,在一家妇女用品商店闲逛时,又邂逅了她的一位中学老师。那中学老师白发苍苍的,当年还真挺喜欢小乔的。有一年期末考试,她得了 59 分,她想这下得补考了。没想到补考名单里没有她。当然,也是后来才知道的,老师给她加了 1 分。她应该算是小乔的贵人了。可是,现如今老师早退休了,中学的退休老师有多少大富大贵的? 小乔自然也不会判定她是将出现的贵人。

在人民广场,她还碰上了一位保安。她在一个趔趄差点摔倒时,这位保安伸手拉住了她。保安不帅,却憨厚。小乔再三道着感谢,也没将这放在心上。

快傍晚时,她接到小姐妹的一个电话,邀她晚上去参加一个饭局,也没什么事,就是好多朋友聚聚。

她去了。有点扫兴,都是与她混得差不多的男男女女。有几个帅哥向她频频敬酒,她也无精打采。她知道自己的姿色,小乔的名字不是白起的。但她对情爱之类早已淡漠,赚钱才是最大的追求。有一部新戏是这样说的:女人不能缺钱。

又一个高个子男子姗姗来迟。当别人一介绍,小乔眼睛亮了。这人才是她期盼已久的贵人!一个投资公司的老总,据说三年创造了资产从百万到数千万的商业奇迹。再听他侃侃而谈,口若悬河,金融那一套信口拈来。

小乔毫不犹豫地判定,贵人非他莫属。她和他聊得很热络。他说他能帮她短时间内资产快速增值。她留了他的电话。那一餐,她真是心花怒放呀!

走出餐厅大门时,有一乞讨老者挡在面前。贵人从衣兜里抽出一张百元大钞,扔在了地上。小乔心生怜悯,蹲下身,捡起百元大钞,递给了乞讨老者。

乞讨老者连声道谢。小乔心中的贵人,此时已大步离去。

数日后,小乔将一笔存款悉数打入了贵人的账户,期待着贵人给她带来福音。

但一个月不到,她就听说那贵人已成"贱人",被公安局抓了,罪名是诈骗。小乔的头都要炸了!

她作为受害者被请进公安局,像被霜打过的茄子,完全蔫了。因这笔存款被那"贱人"骗了,而自己的服装店也因动迁将被拆除。

她欲哭无泪。

不过,警察却对她说:"你如此磨难,幸亏碰到一位贵人了。"

她抬头,以为警察是在嘲弄她。可那警察目光清澈,绝无虚假。

警察让她想想,那一天碰到的贵人是谁?

过电影般的,小乔在脑海里搜索思考。老同学? 中学老师? 保安? 外来妹小唐? 就连咖啡店那个冷漠的女服务员,她都想到了,但还是无法判别谁是真正的贵人。

警察说,那位贵人帮你说了话,追回了你的存款,还帮你租了另一个市口更好的店面。

小乔很吃惊,无论如何也想不起来,此人会是谁?

警察说,他不让我们说是谁。不过,我可以说的是,他是一个注重人格,知恩图报,还在乔装打扮工作的老警察!

小乔把这故事告诉了明人,让他帮忙分析这人是谁,明人听后感慨一句:"贵人也是未必露相的!"

并不荒诞的电话

张 A 与张 B 本来都很有钱,但后来都成穷光蛋了。都因一个"赌"字。

他俩无颜见人,离家出走,在邻近的城市鬼混。时间一长,渐渐也与家人没了联系。

他俩无聊地打赌,什么都赌过了,但因再无赌资,就显得更加无聊。

这天,坐在一条河边,张 A 和张 B 又无聊之至了,于是又打起赌来,并且想出了一个新花样。

那是张A提出的，说张B你随便拨打人家的电话，只能说一句话："我原来很有钱，现在什么都没有了，你能帮帮我吗？"张A说："我准保你还没说完，人家就把电话挂了，不骂你有病算是客气的。"

张B偏不相信，他坚持说："一定有人会答应帮我的，你信不信？"

张A不信。张B于是与张A谈妥，如果真有人在电话里答应帮忙了，张A就认输。张A就得挨张B一拳。从此，张A得听张B的，让他干啥就干啥。

于是开始了赌约。打开手机免提，张A胡乱地用手机拨了一串电话。通了，张B马上接听，用很愁苦的语调说："我原来很有钱，现在什么都没有了，你能帮帮我吗？"手机里稍稍沉寂了一下，然后爆发出一声斥骂："你神经病啊！"随后，电话被挂断了。

张A大笑，朝张B扮了个鬼脸。

于是再试。

又是胡乱拨了七八个电话。结果都差不多，大多骂了一句，也有若干个电话，声音都没发出来，就把电话给挂了。这是无声地骂。

张A得意了，张B的脸哭丧着，可还是不想认输。

张A又胡乱拨了一个电话，接通时，张B又开始复述："我原来很有钱，现在什么都没有了，你能帮帮我吗？"

一说完，手机里沉寂了好久，张B对着手机说了句："喂，喂，你还在听吗？"

手机里依然还是沉寂。

张B憋不住说了一句："不会是聋子吧？"

对方竟然开腔了，是一个苍老的妇人的声音："我，我，我帮你。"

张 B 眼睛睁圆了："这,这……"

张 B 像木雕泥塑般地愣在那里。

那苍老的声音又说道："孩子,快回家吧,儿不嫌母丑,母不嫌儿穷呀,只要儿子能走上一条正道……"

"这老太婆啰哩啰嗦的,是疯了吧?"张 A 说。

张 B 此时已泪流满面,他哽咽着"嗯"了一声,放下电话,一拳捶了过去："这是我妈!"

这是明人听来的故事,在此一记。

山里的爱情

明人听来的一个真实的故事。

大西北的一个山坳里。有一个老妇人,已颤颤巍巍。她步履蹒跚,瞪着一双浑浊的眼睛,打量着明人。

明人从遥远的都市而来。这深山沟里的女人孤单一人,是个五保户。明人与乡干部一起来探望她。乡干部对明人说,你别看她现在这样,她可是这里的美人儿,年轻时很漂亮的。

明人与她攀谈。她耳背,说话必须加大分贝。

明人问："你此刻最大的心愿是什么?"

她吐出几个字："去县城看看。"

明人问："你没去过县城吗?"

她点点头："没去过。"这儿到县城,要爬半个小时的山,坐两个小时的马车，三个小时的长途汽车。路还不好走。但县城毕竟是山里人向往的地方。

明人有点惊讶："那你怎么一直没去呢？"

老妇人咂巴着嘴说："年轻时，就想去，可死老头子不让我去。怕我因为长得漂亮，走了以后就不回来了，一直没同意。到老头死了之后，想去，自己又走不动了。"

她说得很随意，像在讲别人的故事。但泪，已从明人的眼眶里漫漫渗出……

书　香

几位学生被请到家里做客。邀请者是鼎鼎有名的学术泰斗李教授。大家欣喜若狂，对这位教授素来敬仰。能进得他的居所，更是想都不敢想。

在李教授家里，学生们自然有些拘谨。站着不像样，坐得久了又觉憋闷和失礼，瞅准机会，他们来到书房观赏观赏。那满柜的书香，令他们更是佩服之至。他们因此频频向老教授求教，这浩瀚的书海该怎么涉猎，哪些书应该精读，哪些书可以不屑一顾。老教授微笑地一一作答。他特别指出，那些佶屈聱牙的哲学书不值一读，而那些时尚的小说不妨选一些轻松浏览。学生们不解。他们心中只有一个念头，老师的床畔放着什么书，得去看看，那枕边书一定是最值得一读的。后来，李教授为了让大家抛开拘谨，请大家参观他的卧室。在卧室里，真堆着一摞书。同学们走过去目光一扫，忽然就凝住了笑，他们看到的书，却是老教授从来不会读的书，那种所谓佶屈聱牙的书。他们简直不可思议。而另一个刚去卫生间的小伙子咬着耳朵说：那坐便器边上有一挡板，尽是书，却都是青春小说、时尚文学之类，书里还用笔画了好多杠杠，这究竟是怎么一回事呢？

老教授看出了心中的疑惑，朗声一笑，说道："这睡觉的时候，要找看不下去、令人昏昏欲睡的书，这比什么都拥有强烈的催眠作用。这哲学书是也。而卫生间则是放松身心的地方，拿本时尚小说翻翻，浏览一番，身心放松，很利于出恭呀！"

老教授笑着，而几位学生也心领神会地笑了。

父亲节

都说父子情深，但两个男人都不会表现出来，含蓄得似乎生疏。

明人的儿子远在加拿大就学，一年见不上几次面，他自然在乎儿子对自己的感觉。

那天一大早，他就按惯例给儿子发了一条微信："儿子好！"

儿子很快回复了，仅一个字："好。"

明人郁闷了，这回复与平常怎么完全一样，不多一个字，也不少一个字，像手机里自动弹出的一样。上个月的母亲节可不是这样的。当时他提醒儿子："今天是母亲节，你给妈妈道一声节日快乐呀。"儿子回答说："我一大早就发过了。"但今天父亲节，儿子怎么就未知未觉呢。看来儿子对母亲与对父亲还真是不同的情感啊。明人想想，心里有点酸。

他实在憋不住，发了一句："你怎么不说节日快乐呀？"

儿子迅速回复："节日？今天是周六呀。"

"想一想？"明人又道。

"肯定是周六啊！"儿子回答得很干脆。

"是六月份的第三个星期六！"儿子又补充道。

"对爸爸不用心。"明人只能无奈地说了这一句。

"父亲节是明天啊！"

"是 6 月 15 日。"

"我特别查过的。"

儿子连续发来几行字。这几行字，像小鸟给明人的心田带来一阵暖意。

"哦，原来你用心的呀。"

"是啊！"儿子毫不含糊。

原来是明人记错了日子。

翌日一大早，明人收到第一条微信，就是儿子发来的："父亲。快乐！"

哦，儿子！

第三辑

三

幸福高度

幸福的高度

一

到了黄山山麓,这男孩还一直不敢与女孩主动说话。虽然,他们仅仅隔着走道相挨而坐。

这位置是明人悄然为他们安排。男孩、女孩在一个单位上班。男孩喜欢女孩,却怯于表白。而女孩呢,明人明显感觉她心里也有男孩。不过,让女孩家先示爱,似乎也不太合适。这次,单位集体出游,正好是个机会。隔着走道的位置,既让男孩、女孩不至于惹人注意,也可使他们不拘谨,又不疏离。

可是这一路,男孩与女孩真没说上几句话。男孩真是太胆怯了。

翌日凌晨,登山观日出,大家都起了个早,黄山日出的壮观尽收眼底。

这时,明人发现,那女孩正邀请男孩今天一起攀登莲云峰。男孩虽然腼腆但很快地答应了。男孩其实是怯于爬山的,明人不免纳闷,也为他有点担心,但男孩留给明人的目光是闪亮而坚定的。

后来的故事,是男孩告诉明人的。他俩一路攀登,一路艰难,在高崖陡坡上,这两个城市娃几乎是四肢着地,汗流浃背,但还是互帮互助,携手共同攀爬。他们的内心,仿佛有一种突然涌起的力量,神奇而独特。他们时不时用目光交流着,互相鼓励着,终于登上了山峰。

在这山峰上,男孩竟然生出了勇气,向女孩倾吐了自己的爱。女孩也幸福地笑了,她以这种方式鼓励了男孩。幸福在这一山峰上,终于美好绽放。

二

在新疆喀什边境,有一个红其拉甫哨所,它可能是全中国最高的哨所之一了。海拔有5000多米,是中国第7号界碑。

因为边境之重要,年轻的战士们长年在此坚守,寸步不离,令人感慨。

明人曾与他们有过交谈,也向他们捐赠过财物,对他们发自内心的敬重。

有一回,明人与他们的上级领导见面,他也谈及这些战士。其中的一些战士,早已到了结婚的年龄,应该想办法为他们创造这些条件。

这年夏日,部队安排了一场集体婚礼。在这似乎触手可碰蓝天的高原上,几位战士和新娘们缔结了姻缘。天湛蓝,雪洁白,新郎和新娘们的眸子都晶亮晶亮的。

明人在这一瞬间,控制不住地热泪盈眶。他相信,幸福不仅具有炽热的温度,更是拥有高度的。

这幸福的高度,属于红其拉甫边境哨所的每一个战士与他们的家人!

快递员的赞叹

明人出了门,坐上车,汽车疾驰,很快就进入了幽暗但不失方向的越江隧道。

电话就是在此时打来了。陌生的手机号码,陌生的男子声音。男人称自己是快递员,开门见山地问:"你家里有人吗?"

明人回答也挺利落:"没有人呀,你把东西放门卫那儿吧。"

男子说:"门卫肯收吗?"

明人立马复道:"肯收的呀。"

男子说:"好。"就挂了电话。

电话一挂,明人忽然就紧张起来。那男子的声音嗡嗡的,像是在一个宁静、封闭的空间里传出的。明人迅即想到了楼梯走道,这快递男显然是在楼梯走道上。他怎么已然进了楼内了呢。进楼没有门卡或者门卫拨号呼叫住户,单元的那扇玻璃门,也是"一脸死板,六亲不认"的,他又怎么进得了呢?

明人想起稍早些自己刷卡进门,一个扛着工具包的外地小伙哧溜跟着他进来,还上了同一部电梯。明人担心自己放了一个贼进来,当时就用余光好好打量了他一番。后来眼看着他先出了电梯,一副镇定自若的样子,也就不做任何猜测了。

这回,明人把快递员和那人联想到一块了。这些天明人正好也听说,有的盗贼花样翻新了,会以借送快递之名,打探你家里是否有人。当确定没人后,会直接入室行窃。这可真是投石问路的高招。明人此刻一激灵，自己刚才这么干脆坦言，是不是也犯傻中招了呢？

这事愈想愈紧张，虽然家里并无金银财宝，但现在一般城里人家里总会放些现金吧。盗贼一旦闯入，家里就一定会遭殃。这可怎么办才好？

明人想了想，在手机里翻出那个来电号码，直接拨了过去。还是那个男子的声音，异乡人的口音，好像还在楼内，或许已到室内了吧。明人却只能问："你到门卫了吗？"男子说："还没到。"明人说："你到了门卫，让保安听下电话，我来和他说。"最后，也不忘说一句："谢谢你。"男子说："好的。"出乎明人意料的是，男子又把电话挂了。这让明人更感蹊跷了，一时又记不起哪个保安或者物业处的电话，也找不到谁能赶快回家验证一下，便有点抓耳挠腮的，满心慌乱。

没有其他办法。稍顷，明人只能又拨了男子电话，问："你到了吗？在哪呢？谢谢，辛苦了。""哦，我已交给门卫了。"男子道。

"给门卫了？那，那谢谢你呀。"明人疑窦又生，却无法直言。只能一迭声道谢，心里又想，他为何不将电话给保安听呢，这边几位值班保安的声音他还是辩识得出的。

男子开腔了，却是一通赞叹："谢谢你呀，很少有客户这么谢我们快递员的，谢谢你对我们的尊重。"

电话又挂了，这下，明人更迷惑了。浮想联翩，一颗心悬了半天。

直至回到小区门卫，保安看到了明人，向他递来份快递。那快递的包装上有一条手指宽的红印，把明人的脸颊都映红了……

门禁坏了

　　她又站在单元门口了,穿着镶着紫色花纹的白睡衣,看见明人走近,似乎是不经意地瞥了一眼。那条灰头土脸的哈巴狗,正围着她的缀着蝴蝶花结的拖鞋,嗅着,转着。明人犹豫着是不是要开门。

　　上次也是她,还有那条狗,不知待在门口多久了。明人把门卡对上门禁,玻璃门刚缓缓启开,她就侧身进入,有点急不可耐,那条小狗也不甘落后,几乎是踩着他的脚背,尾随它的主人,跑进了玻璃门。明人愣了愣,步子有些凝滞,他下意识地朝小区东门睃了一眼,那里有保安值班,但其实在这位置,并不能直视。明人看着她和它奔向电梯的背影,想追问一句,但终于没发出声,轻轻摇了摇头,也进入了门厅。她和它已登上 2 号电梯,电梯门也关闭了。明人是可以乘上另一部 1 号电梯的。电梯正好停留在一楼,他没上。明人看着 2 号电梯的显示灯一层一层闪跳着,直到显示灯定格在了 15 楼。这么说来,她,还有它,是住在 15 楼的。明人自嘲地吁了一口气,转身登上了 1 号电梯。

　　也就是在那天晚上,在楼下快走健身时,听说是 15 楼有人家失窃了,是置放在书桌上的一个皮夹子,皮夹子同样缀着玫瑰花结,里边有不少钱币。明人就想起那个穿紫色花纹白睡衣的女孩,还有那条灰头土脸的哈巴狗,不会是自己不慎把贼人放了进来,导致楼上人家失窃吧。猜测归猜测,依据实在不足,何况从模样和情形看,这女孩如此随意,应该也是住这楼里的。

这事过去好多天了,今天又撞见了这女孩,还有这条狗,明人不得不慎重了。他故意装出在口袋里掏摸不到门卡的样子,眼睛的余光在瞟视着她。女孩长得很平常,看模样是个上海姑娘。女孩还是若无其事的样子,与小狗正嬉戏耍闹着。已经过去两三分钟了,再装也得有个结果了,明人不得不掏出门卡来。他把门卡在门禁上放置了一下。玻璃门开了,还未等门开到位,那条灰色小狗已哧溜一下,蹿了进去,小姑娘叫了一声:你急什么急呀! 随即,也紧跟而上。明人这回也跟得紧了,随她和它一起进入了 2 号电梯。明人住 18 楼。明人问了女孩一句:"你住这楼的吗?"姑娘回道:"是呀。""是几楼几室?"明人假装很随意地问道。女孩看了明人一眼:"住 1502 室。""哦,那你怎么老不带门卡,也不按门禁,"话一出口,明人就觉得自己似乎有点过了:"哦,你别在意,听说你们楼层发生过失窃。"小姑娘抬一抬眼,倒一点没生气:"我家门禁坏了,刚修好又坏了。我出去遛狗,也把门卡忘了。上次失窃一事,您也听说了? 其实没有丢,是狗狗把我的皮夹子扒弄到墙角了,我一急,我妈又到保安那去说了。是吧,狗狗,都是你惹的祸。"她嗔怪小狗。小狗则"汪汪"地叫了两声,也不知道它是认错呢,还是矢口否认。

到了 15 楼,姑娘和狗狗下了电梯,正对门的 1502 室门也敞开着,一个妇人微笑地迎接着她和它。

又过了 10 来天,一个周末,明人在家,老同学斌打来电话:"怎么按了半天门禁,没有听到呀?"明人才想起,门禁这两天坏了,物业还没来修,这真是怠慢了老同学,连忙说我这就下楼来开门。坐了电梯到一楼,老同学已经站在电梯口了。"哎,你怎么进来了?"明人问同学。"哦,是有人正好开门。她听说我找你的,还挺客气,让我先进。看来你人缘很好呵。"从老同学斌的身旁望过去,那个1502室的姑娘的面容出现了,朝着他莞尔一笑,那紫色花纹白睡衣也像花朵一样美丽。他很真诚地说了一句:谢谢你! 我家门禁也坏了,不好意思……

平易近人

　　明人的阳台,正对着小区的南大门,门口的进进出出,只要稍加留意,便尽收眼底。

　　这天周末,他又看见那辆黑色奥迪车缓缓驶近了小区。车拐到了门口,门杆竟然还没有抬起。他正纳闷着,黑色奥迪车又该喇叭炸天般响了。每一次,这辆奥迪车都是这副德行,门杆稍慢一会抬起,车主便按捺不住,喇叭声声,摇下一半的车窗里露出的脸,是铁板一样的,目光也是冷若冰霜。每一次都是保安忙不迭地按纽,还一脸歉意地向他打招呼。门杆抬升了,他看也不看保安,便一踩油门,飞快地进入了小区。有一回,明人还听见楼下保安在喊人,明人探身窗外,看见大门口内侧一辆黑色奥迪车把进出口堵住了一截,有几辆小车要进出,只能排着队像海滩上的鱼,无奈地晾在那儿。好半天,才见那位车主出现,剃着小平头,微腆着肚腹,踱着悠步,若无其事地走近车旁,打开门,慢吞吞地坐进去。保安去催他,他也一脸厌烦:"我这不是在发动车嘛!"一脸的冷漠。这回,门杆迟迟不见抬升,那车主怎会坐得住呀!

　　明人寻思着,果然见那位中年车主下了车,他走到门卫间,只是往里瞅了瞅,也没听见他的愤怒斥骂。稍顷,保安才匆忙启动了门杆,还向车主再三欠身致歉。车主也没啥吭声,还随意地拍拍保安的肩:"没什么的。"驾了车,就走了。这让楼上看着这一幕的明人,就更是不解了,这车主现在怎么这么随和了呢?

这天傍晚,明人下班回家,刚走到小区门口,就听见一片吵嚷声。再定睛一看,不是吵架,是一位头发皆白但身板明显硬朗的老人在与保安客气地推让着。明人静静地倾听了一会,原来老人要把一袋水果送给保安品尝,说他们很辛苦,从乡下来城市,也不容易。自己的老战友送来不少水果,拿一点给他们,完全是应该的。保安婉拒着,说老人家对他们太客气了,来了没几个月,对他们和蔼可亲,像对待家人一样的。他们老吃他送的东西,实在不好意思。老人却执拗地要给他们。

这时,一辆黑色奥迪车也停在了门口。剃着小平头的车主见状也下了车。他走近,对老人恭敬地叫了一声:"老书记呀,您在这儿呢。"老人也转身向他招呼:"小高下班了? 来,你来,快快让这些孩子收下这点水果。他们远离自己的家乡和家人,为小区居民服务,应该谢谢他们! 我当年也干过保安呀!"

那位车主也开腔了,对保安说:"收下吧,我们老领导的一片心意。"

"是呀,我刚退休,这段时间住我女儿家,看到你们挺负责的,像我居住小区的那些保安一样,我心疼呀。"老人说。

"老人家,您真好! 我知道您一定是一位大领导,您真平易近人!"保安由衷地说。

"哦,还有这位先生,自从您来了以后,他现在也对我们平易近人了。"保安又补充了一句。

老人乐了:"什么平易近人,我不是人呀!""是呀,我以前,就不是人了?"剃小平头的车主突然来了一句。

明人静静地站在一边,他感觉车主的脸微红了一阵,他也忽然明白了什么。

老邻居

老北楼小区的老邻居周末要相聚的消息,在微信朋友圈已呈热火朝天之势。毕竟,这十多年前拆除的小区,邻居们都已迁居星散于各处,对当年的怀恋,随岁月的积累,相聚,是一种抹不去的梦。明人遇见发小 G 君,G 君便首先发问:"老邻居聚会,你去吗?"语气中似乎颇有含义。明人直率地回答:"还没确定,有一点犹豫,你呢?""我,也在犹豫之中……"G 君也并不掩饰自己的态度。"你还是担心与她和她家人碰上吧?"明人对 G 君知根知底。"是有些,可是你又犹豫什么呢,你事业有成,老邻居相聚,就是你展现的机会……"G 君还未说完,就被明人打断了:"你够俗呀,除了显摆,你就找不着相聚的理由了吗?"G 君咧嘴笑了:"那你犹豫什么,怕老邻居都要找你办事?"

明人瞥了 G 君一眼,陷入了短暂沉思。是的,我犹豫什么呢? 除了 G 君所说的找自己办事这一茬外,自己究竟还有什么可以顾虑的呢? 眼前,G 君坚挺的鼻梁晃动了一下,令明人忽然想起一个人来。他也是明人的发小,H 君。可是,自从明人一家很早从小区搬离之后,差不多有三十多年,他未与 H 君见过。还是初中时的朦胧年代,他与 H 君玩得最好,可以说是无话不谈,无甚隐秘的一对伙伴。少年的心思也是双方坦诚相见的。英俊少年 H 君爱上了明人楼上的一位同龄女孩云儿。明人当仁不让,充当了一回中间人。H 君与云儿迅速走近了,并在小区掀起了一场不小的早恋风波。女孩的父母自然坚决反对,采取各类措施严加阻止。

这天,明人的父亲拿着一截香烟屁股,找到了楼上云儿的父母。燃着的烟蒂显然是白天从二楼云儿家的窗口扔进明人家窗口的,紧挨着窗口的,是供明人睡觉的一张帆布折叠床。幸亏这天床被折叠了起来,不然,烟蒂很可能引发一场火灾。云儿的父母责问云儿,白天就她在家。她坦白是带了男生在家里坐坐的,他抽了烟。明人心里自然恼怒了,这 H 君也太不够意思,他给他们牵了线,已经在承受无形的从未有过的心理压力了,你玩得带劲,还把烟蒂往我家里扔,这算怎么回事呢! 从此,他与 H 君也逐渐疏远了,对于他和云儿的事,也不再关心,后来听说,他们的恋爱夭折了。

这也许是明人心中的一个纠结。因为 H 君,也正是这一次老邻居聚会的热情组织者之一,他当年的年轻俊秀的面容,在明人脑海里一闪,他心里似乎沉郁了起来。其实,这都是三十多年前的事了,时光如洗,明人对 H 君的当年所为也多少有些理解和原谅。可是,现在似乎要直面 H 君了,那种阴郁又浮现了上来……

一个秋风送爽的周末的正午,明人与 G 君终于匆匆一约,赶去早就人声鼎沸的老邻居们的聚会现场。他们是迟到者,心里怀揣着兴奋,也有忐忑。进了门,他们就被欢笑声所淹没了。一百多位老邻居正被多年之后的相聚氛围所笼罩,寒暄问候,大声说笑,场面煞是热闹。迟到者明人与 G 君进了门,也未被冷落,他们的家人和邻桌的几位老邻居首先笑脸相迎。紧接着，按年龄，居旁而坐的老邻居、老同学，也给了他们热烈的欢迎。

有一位大妈模样的人站在了明人面前，拽着明人的手，脸上带着微笑："你还认得我吗？"明人瞪大眼睛打量了一会儿，齐耳短发，带着些许白发，眼睛闪亮，眼角却显现着浅浅的皱纹，身子壮实，也明显有一点发福，手掌温暖有劲，而手掌心也略带点粗糙……他似乎面熟，又一时回想困难，还是旁边的另一位同学提醒：她是住你隔壁的，也是小学同学张美丽呀。记忆复苏，明人恍然大悟，连忙致歉问好，心里感叹岁月催人。

他也去看望了坐在母亲身旁的几位老人。他们都是自己的长辈了，母亲一一介绍，他躬身一一问候。他们壮年时的形象依稀还在自己的脑海。他们也久久地注视着他，叫着他的乳名，赞扬着，感慨着，目光里流露的是慈祥和欣慰。明人想起当年邻里之间的生活点滴，想起这些长辈曾给予过自己的或多或少的关怀和爱护，心里头有一股暖流在奔涌。他的眼睛似乎濡湿了，幸亏戴了一副浅色的变色镜，也多少掩饰了他盈泪的双眼。

他也瞥见了 H 君了。他正在忙碌着，为每桌在安排上菜。他也看见明人了，与明人的目光有短暂的对视，明人感觉那目光是深情和坦荡的。明人也向他微微点了点头，感觉还不到位，又向他扬了扬手。

随后，那个叫云儿的女孩，他也看见了。她安静地坐在明人一桌的一角，秀气的脸庞白皙、恬静。她似乎还是年轻时的俏模样，向明人投来的目光也是澄净清纯的。看得出，她对明人是信赖的。明人和她主动聊起 H 君时，她毫不避讳，说："我们两人之前也碰到过，都认定我们是有情无缘。你知道吗？当年被别人搅局了，那人你也认识，Y 君，他也狂热地追我，我也不太懂事。"明人对这一切确实不知情,还以为她与 H 君当年分手,是由于父母的横加干涉。"你们家的烟蒂,也是 Y 君扔的,他吵着到我家来玩,还抽烟……"云儿说。明人一愣。这是他久未触及的一个心结。"你是说,当年的烟蒂不是 H 君扔的?""是的,是 Y 君。我那时也傻。"云儿说着,嗓音有点暗哑。明人禁不住又瞥了远处的 H 君的背影一眼,也想到了那个调皮的 Y 君,他若有所思。他发觉其实自己对 H 君已无一丝埋怨,而今天又闻听是 Y 君所为,他在心里头也无法聚积起对他的责怪。当年可都是懵懂少年呀!时间,早已让自己对这一切释怀。

聚会后的 G 君也是兴奋之至,脸酡红,那是因红酒的力道。他眉眼舒展,那是因情感的滋润。

当年他坚决回绝的,并一度令他心灰意冷的那位女孩及其家人,也向他主动问好,干杯、合影,仿佛过去的不快并不存在。明人说,大半天,都沉浸在老邻居的欢聚之中,感受到没有血缘的那一种特殊的亲情。是的,时间是一个奇特的魔术师。当时的顾虑早已烟消云散,连所谓可能的托他办事之类的情况都没有发生。

只有情意融融,在老邻居们的心头,久久地炽烈着……

戴鸭舌帽的老人

又到年底,明人嘱咐手下拨通了老曲家的电话。那头,是老曲的老伴的声音,她有哮喘,哼哼地喘着气对明人说,这老曲人影子都没见,他又当上主任了,忙得家里都不要了。

明人闻之一惊，这老曲退休在家两年都闲着，怎么现在竟又出山了，也没见他报告过呀。现在退休干部任职都得报批，批了也不能取薪，这老曲是怎么回事呢？

说起老曲，明人总有些歉然。老曲由大校军衔转业，在明人所在的机关工作了六年退休，退休时正好碰上管理从严，明人要安排老曲去某个协会，也就是让他打发打发寂寞时光，老曲却说："您真不用为难了，我业务不懂，占着一个位置也让人说闲话，还是一退了之吧。"他果然再不在单位出现了。明人过意不去。专程年底到他家拜访。他坐在沙发上，不时地卷着他那顶蓝色地鸭舌帽，双眼似乎比以前呆滞了些。明人知道他憋得慌，劝他多多外出旅游，或者找点喜欢的爱好乐乐，他似是而非地点着头，也不多吭声。

这回他又出任什么主任了，不会是他实在憋不住了，被哪家企业、协会什么的找了去吧，毕竟，老曲还是有能力，也有一定人脉的人。可这在时下并不妥当呀。

明人有点为他着急，在电话里又不便详问，赶紧备了车，去老曲家里。到小区门前，明人还特意买了一些水果。

一进小区，就发现小区积水了，几个居民还在吵吵嚷嚷的，说怎么还不见水退呀，物业干什么吃的。一个黑脸保安梗着脖子回道："你们吵什么吵，大暴雨的，这小区本来就积水，你们又不是不知道。你看人家曲主任一早忙到现在，水不是已在慢慢退了吗？"

小区道路的尽头，有一个戴着鸭舌帽的老人正在指挥几个人忙碌着，一看背影，明人就知道是老曲。

明人走上前去，看见老曲的外衣都湿透了大半，他轻轻叫了一声："老曲！"

老曲回过头来，布满血丝的眼睛明显一楞："怎么是您，有事吗?"

明人说:"我是来看望您的。您忙了半天,也不休息,要保重身体呀!"

"没关系,没关系。我们这小区排水系统一直有问题,得反复疏通,才能有用。"老曲边说边抹了一把脸上的汗水,挺高兴地说:"马上就好了,待会上去喝杯茶。"

待在老曲家坐定,明人叮嘱老曲快去洗个澡,别让汗水湿身,受凉感冒了。趁老曲洗澡时,明人与他老伴聊了起来。

原来,小区成立业主委员会,要推选业主委员会委员,邻居们都不相往来,谁也不认识谁,怎么推选呀。眼看推选期限将至,在这节骨眼上,某单元居民联合推荐了一位,不过,叫不出名字,只写了一句:戴鸭舌帽的老人。上边来指导这项工作的同志说,这可不行呀,没名没姓的怎么选呀。不料,又有几个单元也热烈响应,表示支持推荐那个戴鸭舌帽的老人。指导这项工作的同志连忙打听,听说了若干个有关这位老人的小故事。

有一回小区发生两辆小车刮蹭的事,两个司机顶牛般不愿主动撤离,把狭小的通道堵得水泄不通。保安赶来了,保安的普通话都说不连贯,怎么劝,一点效果都没有。这时,一个戴鸭舌帽的老人踱步走来,耐心地向两位司机说了好多话,脸上既充满微笑,又不失威严。如此这般,两位司机都各自做出让步了,通道很快也就畅通了。有人记住了,小区里有这么一个戴鸭舌帽的老人。

有一天,有一条家养着的狗,咬了小区的一位小伙子,小伙子与狗主人吵得不可开交。一个扬言要把狗宰了,另一个拿着棍棒护卫着自己的宠物狗,还是这位戴鸭舌帽的老人过来解的围。他让小伙子赶快去医院检查下,打个预防针什么的。另外,也苦口婆心地对狗主人说:"不就是咬了人家吗? 就当是自己的孩子与人家碰了，大人犯不着也跟着生气呀。该赔个礼赔个礼，该赔点医药费赔点医药费，狗宝宝以后管住就是啦。"戴鸭舌帽的老人的一番话，说得大家心服口服。

诸如此类的事多了，戴鸭舌帽的老人就有了一定的知名度。

众望所归，居委会找到了老曲，老曲犹豫着，最后还是走马上任了。

干了几个月，干得还挺欢。老伴嘀咕他这样太累，他则一笑了之。他对明人说："我这人没啥能耐，就是热心，既然让我干，我就能干好。""您也要保重身体呀。"明人发觉他的精神又恢复到了以前，如鱼得水呀，他只能这么叮嘱他了。

下了楼梯，就见几位小区居民向老曲问好："曲主任好！""曲主任辛苦了！"老曲偏了偏头，竟字正腔圆地说道："为居民服务！"

在小区门口，明人碰巧听到保安与一位妇人的对话。妇人问："那个戴鸭舌帽的人，就是我们的曲主任吧?"保安回答："是的，不过您不知道吧，他曾是部队里的大校，差点就是少将了！""是嘛，看不出呀！不过，是个好人。"妇人说道。

明人此时感觉像夸自己一样，心里甜丝丝的。

生男生女

明人的朋友许君臭嘴，脾气倔，是个容易得罪人的主儿。在儿子娶媳妇的当日，他就板起长脸，一本正经地对小两口说，你们一定要为我许家生个"带把的"，我许家一定得有传宗接代的。

小两口乖顺,自然一口允诺。

没曾想,小两口生的第一胎,就是个"小龙女",许君也不生气,反正还可再生第二胎。属龙的小孙女胖嘟嘟的,眉眼像极了许君,许君欢喜得不得了。小孙女也特别亲近爷爷,一见爷爷,就往他怀里钻。把许君常常乐得半天合不拢嘴,跟在小孙女身后,屁颠屁颠的,像回到了童年。

做母亲的总想给孩子定点规矩。看到女儿有时缠闹不休,许君的儿媳妇就会教训女儿几句。那天,孙女扒拉着碗里的饭,眼睛还死死地盯着电视屏幕。儿媳妇大声斥责了她几句。许君在一旁不高兴了:"你们以后要训小囡,别在我面前训,我这做爷爷的,就是一个宠字当头。"说得儿媳妇吃饭噎住似的,一声不敢吭。许君的老婆悄悄地拉了把他的耳朵:"你这人,不该说的别乱说!"

一天吃晚饭,儿子、儿媳妇都不在家,许君的老伴悄声告诉他,儿媳妇又怀上了。"真的?"许君举着小酒盅的手悬在半空,见老伴信誓旦旦的神情,知道不是逗他,他仰脖一口把酒喝尽了:"这两小囡,太棒了! 不愧是我许家的后代,我该有个孙子了!"这一晚,快到耳顺之年的许君喝了一斤白酒,又拉着老伴兴高采烈地吼了好一会儿京剧,尽是当年样板戏的唱段。

没多久,许君老伴又面带沮丧地告诉许君,儿媳妇找人看过了,说怀上的还是个女小囡。许君的心沉了一下,愣了愣,说:"这看的人就看得这么准呀,她才刚刚怀上呢!"说完,许君独自出去了,心里头郁闷呀!

又过了两个月,许君托了一位妇产科的医生,让她帮儿媳妇看看。这医生是他的老同学,关系蛮不错的,他自然相信她。老同学给他的答案不容置疑:"肚大肚圆,喜甜喜果汁,反应又大……这一定是个女孩!"许君好半天说不出话来,连声谢谢都忘记说了。

数月后,许君又偷偷地找了另一家医院的院长给儿媳妇做了B超。B超的结果也是院长亲自给他解读的,应该就是女孩了。他很勉强地吐出了两个字:"谢谢。"许君步履沉重、踽踽独行地回了家。

第二天,许君听闻儿媳妇要到医院做流产手术,不要这孩子了。据说亲家公、亲家母也点头了。他"噌"地站起身来:"这可不行! 都什么时候了,她这样太伤身子了,她的父母不心疼,我心疼,不能让她太吃苦了!"

许君把儿子、儿媳妇都叫到了跟前,又板起长脸,一本正经地对小两口说:"你们不许打胎,必须把孩子生下来! 生的是女孩,我也喜欢。有两个孙女,是我的命,也是我的福分!"许君说得很执拗,小两口自然不敢违逆。生产期快到时,儿子就陪儿媳妇去住院了。

婴儿呱呱坠地,竟是一个带把的孙子,哭声亮亮的,仿佛唱着一曲高亢的京腔。

许君太高兴了,逢人便说这段故事。明人说,你小子嘴臭!脾气倔,但幸亏心善,人真,老天不亏待你!

哦,抱歉!

明人的车拐进这条道路时,那灰色的马自达就在前面晃荡,开在两个车道的中间,且开得很慢,应该是一个新手。

这就把明人的路给挡住了。明人不太开车,平常也开得挺慢,常常是别人超车,自己不太超车。

但今天这辆马自达显然过于缓慢了。

明人犹豫着,是不是要超车。那车太小心了,不知道这么慢是在顾忌什么。

明人耐心再好,也憋不住了。

在"马自达"正向右侧骑着线行驶时,明人迅速地从左侧超了过去。在右侧的反光镜里,明人瞥见那车似乎稍带了制动,向右车道缓慢驶去。

前面路口,正巧是红灯,明人停车等候。

忽然车窗被拍响,他循声一看,一个年轻人朝他投来斥责的目光和话语:"你怎么这么开车?!"

原来是马自达的主人。明人甚为疑惑,心头也忽地升起一股无名火。

然而他又听见年轻人说:"我有婴儿在车上,你这样超车多危险!"

明人回首,看见了马自达车内的一个婴儿。他心里的火,忽然就灭了。他迅速地回了一句:"哦,抱歉了,真没注意。"

马自达的主人也无法再生气了,看了明人一眼,转身回到自己车上了。

明人当天将这故事讲给儿子听,儿子十三四岁,扑闪着眼睛,似乎不明白。明人笑了,拍了拍儿子已经宽厚的肩膀,说:"以后你会明白的。"

他在心里说:"等你有了自己的孩子以后。"

那一声脱口而出的"抱歉",让他欣然快慰,仿佛是一个胜者。

寻 车

　　说好晚上几位老同学聚聚的,葛君下午给明人来电话,说今天有要事,来不了。明人问:"你有什么要事? 留校做了老师,就忙得屁颠屁颠的啦?""真的是要事,待我这几天事完之后,一定做东请各位。"说得言辞恳切,明人也就不好意思坚持己见了。不过,当晚他和老同学们相聚时,还惦记着葛君,悄悄给他发了一条微信:"究竟碰到什么事了?"葛君回复很迅速:"丢了一辆车!"

　　这回复倒让明人疑窦顿生:这小子什么时候有车了? 怎么又会丢了呢? 丢车赶紧报警就是了,自己能够折腾出什么事来呢。他想了想,压下了心里想说的话,只发了一个问号,还有一张头上冒汗的表情,表示关切。葛君没再回复,明人也不便打扰他。

　　周末那晚,也就是两天后,明人又给葛君发了一条微信,葛君回道,车还没找着,自己这两天,包括周末,都在校园里仔细寻找。现在东片校园的自行车停放点,都搜寻了一遍,现在转移到西片区了。这番回答把明人彻底搞糊涂了:"你在找什么车? 要到自行车库去找?""我找的就是自行车呀!"葛君的回答毫不含糊。"一辆自行车就让你丢了魂似的,你怎么回事呀!"明人的责问也毫不含糊。"这是一辆十分重要的自行车,过几天我再与你面叙。"手机上跳出这一行字后,葛君那边就沉默了。也许,他正在心急如焚地寻找着那辆重要的自行车吧?

　　对葛君来说,做教师的收入虽不高,但一辆自行车总不至于把他压趴下吧？现在一门心思都系于那辆自行车了，这让明人多少觉得不可思议，也猜测不出一个结果来。

又过了两天，葛君自己打来电话了，说他还是没能找到那辆自行车，他请明人过来，帮他一起想办法。

见到葛君，才发觉他这些天明显憔悴，原本一直油光发亮、一丝不乱的头发，现在竟像一个鸡窝。眼睛里也满布血丝，原先的抖擞劲儿也荡然无存。一辆什么样的自行车，竟然把他急成这般模样？

葛君说，这辆自行车还是半年前从别人手上买来的。转卖给他的人温文尔雅，戴着一副眼镜，显示出不凡的修养来。他大概也是一所学校的老师，在临近校门口的修车铺，他说他正想出手这辆车，因为单位就在家附近，用不上了。他开价也不算太高，葛君正想买一辆自行车，闻之心里未免一动，注视着这辆八成新的自行车。也就三四分钟光景，他也没还价，就把钱给了那位儒雅男子，拣了元宝似的乐滋滋地走了。

上周他也想把车卖了，还在校园里贴了好几天卖车启事。谁想买车的主儿还没见着，搁在楼底下的自行车却没影了。他一下子紧张起来，放下手上所有的活儿去寻找那辆车。但至今一无所获。

"不就一辆自行车吗？丢就丢了，何必这样着急？"明人劝慰道。

"你不知道，这辆车事关我的心理底线和人品。"葛君一脸严肃地说道。"有这么严重吗？"明人纳闷。

"那辆车，是个危险品，是颗定时炸弹。"葛君一字一句地说道。明人投向葛君的目光，满是疑惑。

"我上次去书店回来的路上，等候绿灯时感觉不对劲，再拨弄了一下龙头,车前轴突然脱落了,车身整个就像散了架。我赶紧连推带拉地把车子送到修车铺。修车的师傅仔细一瞧,便指着那根钢轴断裂处说,这是旧伤,是焊接过的。我这才明白自己是被那位看似斯文的男子给骗了,那钢轴是套在细管里的,不拆开检查,无论如何是看不出的。修车铺的师傅说算我命大,要是骑在路上突然断裂了,不是摔个半死,就是被马路上的车辆轧死。我一听冷汗就直冒,想想都后怕。"

"所以,你决定把这辆车卖了?"明人明察秋毫。

"是呀,不瞒你说,我当时真是这么想的。找那家伙想想也太费神,不如把它卖了,我不损失,也不会有此危险。"葛君坦诚地说道。

"你也够缺德呀,把危险转嫁给别人。"明人嘲讽。

"你这么说我,我心服口服。我当时确实是这么想和这么做的。我想,我为何要做这冤大头呀!可是,我说实话,当这辆车被偷走之后,我突然紧张害怕起来。我担心哪位大学生把它偷了骑了,某一天,突然车毁人亡。那我的罪过不是太大了吗?"葛君说着,脸上愧疚、悔恨交杂。

"所以你开始了寻车行动?"明人问。"是的,不这样,我心神不安。可几天下来,毫无结果,接下去又是长假了,我怕哪位愣头青骑着去郊游,那就麻烦大了。"葛君的焦虑是真诚的。

明人不免也沉思起来。

翌日,有一张寻车启事出现在校园的好多处公告栏上。上面写明这辆灰色的永久牌自行车,车轴是断裂的,焊接也是脆弱的,承受不起颠覆,危险重重。启事提醒借用者小心为上,要么将车还给主人,主人一定酬谢;要么将它送到修车铺,去好好修理一番,以防范于未然。

应该说,明人与葛君共同拟写的启事情真意切,用意也是明明白白的。可几天过去,依然音讯全无。在一张启事上,有人用钢笔写了一行字:"别蒙人了!"

明人与葛君面面相觑。

不得已,明人与葛君又开始了一场地毯式的搜寻活动。把重点锁定在校园大学生活动的主要场所,对着那里停放的自行车,一辆一辆地去辨认。

这天浓雾,他们在食堂门口发现了这辆车。葛君几乎是扑了过去,一把抓住了自行车的龙头。他上下打量着,眼睛发直,嘴里不断地喊道:"是这辆,就是这辆!"

这时,三位毛头小伙子从食堂里奔跑出来,堵住了他们的去路,神情是不屈不饶的。

明人和他们说了几句,又将寻车启事塞进他们手里,他们漠然视之,一脸敌意。

正尴尬间,葛君突然一使劲,车前轴被提出了钢圈,断裂焊接处裸露在眼前。葛君再稍稍使了一点力,车轴在原伤口断裂了,车身顷刻倒在了地上。

明人看呆了,那些毛小伙子也惊呆了。此时葛君终于笑出声来,那笑声干净、爽快,仿佛能穿透无尽的雾霾。

傻　根

　　傻根是有点傻。模样儿就像一个大笨熊。同学老欺负他。放学了，他也不太和同学们一起玩。

　　反正，在明人和同学们眼里，他就是一个傻子。

　　小伙伴们玩在一起，就格外疯，格外热闹。明人冰雪聪明，是个孩子头，常常想出好玩的点子来，让大家兴高采烈地，一阵响应和闹腾。

　　这天放学后，明人受电影《地雷战》的启发，蛊惑小伙伴们找来铁铲等家什，在小区路口，挖了两个脸盆大的坑，又横置了几根细长的竹条，蒙上废报纸，轻轻撒上泥土，让别人一时察觉不出痕迹来。然后躲在一堵废墟后，等着看别人出洋相。

　　果然，一个戴着眼镜的中年人骑着一辆自行车路过，忽然，滚动的前轮，一下子陷入了坑里，中年人肥硕的身子前倾着，随自行车重重地摔在了地上。好一阵不能动弹。稍过一会儿，又满地摸索掉了的眼镜，其狼狈相让人想起了某部抗战片子里的翻译官。明人和小伙伴禁不住大笑起来，赶紧撒腿溜了。

　　过不久，他们又返回了。中年人已骂骂咧咧地推车走了。他们把坑洞又一次伪装好，等待下一个"踩地雷"的。

　　好久，终于有人来了。却是傻根。

　　他摇摇晃晃地走来。右脚也不偏不倚地踩了上去。笨重的身子跌倒在地。脸颊撞到了一块石头，顿时有血从面颊流出明人和小伙伴们摒住笑,想从砖缝里看个究竟。

傻根艰难地爬起,用手抹了抹脸上的血,走了两步,又停住了。

他看了一会儿那个坑洞,四周寻视了一番,朝废墟走来。他淌着血的脸,很是难看。

他走近废墟,搬起几块碎石。

明人他们神经绷紧了,不知傻根会犯什么傻气,也许已发觉了他们,要实施报复。

但傻根又转身走了,走回那个坑洞,把石块扔了进去。

原来,他是想填平那坑。有一个小伙伴急了,"噌"地站起身,但被明人按住了,已把人弄伤了,暴露了不好办。

傻根又走了过来。

这时有人在唤他。是他妈妈找来了。

妈妈一看傻根的模样,立即抱住了他,满脸焦急和疼惜。她掏出手帕捂住了他脸上的伤口,让他赶紧回家包扎。

傻根却一动不动,眼光固执地盯视着那个坑洞。他转身又走向了废墟。

他又抓起几块碎石,走回坑洞。妈妈明白了,也帮他拾起砖石,帮他一起填实了那个肇事的坑洞。

他们搀扶着离开了。

明人好半天没吭声。小伙伴推了推他。他才如梦方醒。

他发觉有什么咸咸的东西,流进了他的嘴里。

从此以后,他再没玩过这类游戏。

孩子的噩梦

明人正在家里写作,门铃清脆地响了。这个时候来人,总让明人不爽,那思路的线头很容易就找不见了。

猫眼瞅了瞅,还以为没人。开了门一看,原来是邻家的小男孩。小男孩叫颖,真是一个很聪颖的小男孩。正念小学三年级,但比同龄人显得早熟些。与明人挺谈得来。

颖此时神情忧郁,让明人颇为诧异。他把颖引进屋子,并拿了一瓶农夫山泉给他:"怎么了,碰上什么麻烦事了?"明人和蔼地问道。

颖抬起头,注视着明人。那眼眶里突然已充盈了晶莹的泪花。

这究竟怎么了!

颖讷讷地说:"叔叔,我怎么左看右看,都感觉,我爸爸不是我爸爸……"

明人一时没听明白,愣怔了好一会儿,才渐渐有些明白。

"我真的觉得我爸不是我真爸爸。"颖又强调了一句。

明人笑了。这孩子一定是神经过敏了。想当年自己也犯过这样的傻。当时老师经常向学生们讲些提高警惕的故事,说过有的坏人冒充亲人,到人家小孩那儿行骗的事例,说得小朋友们一度心生惶恐,回家后见家里来人甚至父母,都会生出怀疑。明人也是,看到父亲下班回家了,也是悄悄地盯视了半天,也看出父亲不像是自己的父亲的某种端倪来。他大气不敢出,几次想提醒母亲,又苦于没有机会。后来,看见母亲与父亲交谈热络才渐渐打消了这个念头。"草木皆兵"这个成语大约可以形容此种心情。这回,颖大约也是这种状况了。

明人与颖聊了一会儿,也听不出颖有什么可以信服的证据来,就劝颖,让他放松心情,快回家休息吧。颖带着迟疑的神情,回家了。

明人感叹,怎么现在的孩子也像我们当初那样,弦绷得这么紧?

没过几天,明人的门铃又被敲响,还是颖。见到明人,两行眼泪扑簌簌地淌了下来。

明人忙问:"怎么了?"

颖仰首看着明人,带着呜咽说:"叔叔,我的这个爸爸真不是我的爸爸,真是这样的。我妈妈刚才也说了……呜呜……"

明人吃惊了:"你说什么?怎么回事?那天天住在一起的你的父亲,是冒牌的?"明人不解。

颖说:"我妈和我爸这几天吵架了。我听到我爸爸在说,我是个兔崽子,不知是谁的种,要和妈妈离婚。妈妈刚刚也对我承认了,说爸爸不是我的爸爸,我的真爸爸,早已经出国了……"

明人震惊了,原来今天孩子的噩梦,要比自己当年真实和恐怖得多呀!

他久久无语……

四眼叔

一个陌生的电话。明人接听了,是一个浑厚的男声。也是陌生的。

那人自我介绍了:"我是您老邻居,就是住底楼的,小,小四眼。"

明人还是想不起是谁。

"我,我爸爸就是四眼叔呀!"那人急了,把他爸的外号都抬出来了。这一抬,还真让明人豁然开朗了。

四眼叔,没错,就是那个个子高高、长得斯文的男子,戴一副当年挺时髦的秀琅架眼镜,少言寡语,却不乏绅士风度。他确实有一个儿子,当年也就六七岁,瘦骨嶙峋的,整个一个小不点儿,不过,整天嘻嘻哈哈的,挺讨大人喜欢的。

他不戴眼镜,但顺着他爸爸的绰号,就叫他"小四眼"了。

这个孩子,现在也该三十而立了吧。

四眼叔他们住底楼,是这个单元最东边的一户,大约 8 平方米,无卫生间,用的是马桶,厨房与人家合用。挺局促的。不过,这在无房户非常普遍的年代,这已经是很稀罕的了。

四眼叔的女人是典型的上海嗲女人。打扮总是惹人关注。相貌也不赖。有几分电影《早春二月》中女主角的姿色,尤其身材特棒,又穿着高跟鞋,高挑,袅娜,让明人想起那部莎士比亚早期的戏剧名《温莎的风流娘儿们》。

明人那会儿读初中，酷爱名著。虽不谙男女之事，但也知道四眼叔的老婆是一个美人儿。小区里那么多男人的目光，就像苍蝇一样，盯着她，插科打诨的，有时说得很肉麻，也不避明人这些孩子。

嗲女人也从不生气，她一定知道自己的魅力，在说笑中享受着赞美。

有几次，明人就看见几个男人在单元门口闲聊，忽然瞥见了小四眼，就和他开起玩笑："你这么一个人出来了，你爸爸妈妈把你赶出来的吧，他们两人自己在玩吧"，"他们是怎么玩的，你说说看，谁在上，谁在下呀？"

小四眼人小，不懂，有时还真会傻乎乎地回答："他们抱着，把我推开了。"说得挺认真的。于是，大伙就开怀大笑起来。

明人那会儿很早起床，就在东边的空地上，做操，踢腿，背诗，读英文。

好几次，明人大约待了半个多小时，就见四眼叔衣衫凌乱地匆匆走过，有时，瞥他的眼光，也似有不满。有一次，他还一反往日的温文尔雅，朝他嘀咕了一句："这么小，这么早就折腾，做啥！"眼睛在镜片后面，翻成鱼肚白了。

明人估计是自己吵了他们，但究竟程度如何，他不得而知。

还是一个大点的孩子对他说了："人家四眼叔一早喜欢做爱，你在东墙上踢腿，又大声朗诵的，这墙壁多薄呀，人家还不被你搅了好事！"

明人听得云里雾里的，但多少有些明白了，以后一早就注意轻声轻言了。

再看到四眼叔时，他的眼光和面色，都温和多了。

一晃二十多年过去了。小四眼的电话让他勾起了往事的回忆。

他见了小四眼。

小四眼说,他们家要动迁了。事儿挺复杂,他爸让他找找明人,知道明人在政府部门工作,说是明人是他们小区最有出息的人。说当年就看出,他就很勤奋,也很懂事,一定是个有用之才。找明人拿个主意,不会有错。

明人感动了,问他爸爸妈妈还好吗?

小四眼说:"我妈早就与我爸离了。我随我爸。我爸前年车祸,一条腿瘸了……"

我要成名

一个毕业不久的大学生找到明人,他想请明人给他指点一条成名之路。

明人一笑:"你为何要成名?"

"成名就是成功了呀! 连张爱玲都说过,成名要趁早。"小伙子回答得毫不含糊。

"成名就是成功了?"明人问。

"成名,还不算成功吗? 名人呀,不是大家都认识吗? 这社会,谁知名度愈高,愈是成功,比如奥巴马,比如迈克尔·杰克逊……"

明人皱眉,问道:"如果给你钱或给你名,你怎么选择?"

"这有矛盾吗? 有名不就是有钱了吗?"小伙子稚弱的脸上

掠过一片疑云。

"有名不等于有钱。"明人肯定地说。

"那我也要有名,有名总会有钱的!"又绕回去了。

明人看了看这"成名狂"的眼睛,又问:"你知道成名是什么结果吗?比如,公众会更关注你,你的一言一行都在众目睽睽之下,你的压力会很多,你的自由会比常人更有限……"

"这,我没想过。不过,这又有什么关系!我只要成名了,还在乎这些!"

"你觉得人生的意义就是成名吗?"话既出口,名人就觉得问了太多了。

小伙子回答甚为利落:"那当然,活着我就要成名!"

"你知道成名有很多种吗?"

"嗯?"小伙子这回纳闷了。

"你知道杀人犯张国强吗?你知道被枪毙了的文强吗?他们现在也是众人皆知的名人,可他们值得去效仿、去追随吗?"

小伙子无语了。

明人放缓了语气,娓娓道来:"还是要找到有意义的人生追求,要选择好自己所走的路。……你,还想说什么?"

小伙子愣怔了一下,随即脱口而出,声音也是掷地有声:"我还是想成名!"

……

真搞不好了

朋友张的儿子十八岁了，今年刚考进大学，住校，一周回家一次。朋友张不放心，约明人作陪，去学校看望儿子。

明人几年前见过这孩子。几年不见，孩子长得人高马大的，胡子也毛茸茸一片，有点男子汉的味道了。因为下午刚下课，学生们都挤在阶梯教室观看电视。日本大地震，9级，消息震动全球。学生们看得一脸的肃穆，也不乏悲戚。这孩子被叫唤出来时，也是这般神情。正巧，又一个同学走过，说："那条大街上正砍着梧桐树呢，快一起去阻拦。"明人便问怎么一回事。孩子说："校门口有一条梧桐大道，政府说要建地铁，要把这几十年的树木都砍了。这真是滑天下之大稽。国家真搞不好了。爸爸、叔叔，我就先去一下了。"孩子说得义愤填膺，但朋友张却一脸欣喜。明人就有些纳闷。"孩子大了，有出息了，竟敢说国家搞不好了，呵呵。"朋友张抑制不住得意劲儿，向明人诡秘地眨了一下眼睛。

在学校的小食堂用的晚餐，明人要做东，特意加点了几个炒菜，却老半天催不上来。朋友张的脸有些挂不住了，孩子跑进食堂厨房也吆喝了一下，几个家常小菜才端上桌来，味道也很一般。孩子似乎挺通情达理，连说几句："爸爸、叔叔，对不起了，这学校就是这个德行，真搞不好了，搞不好了。"这么一说，明人瞥见，朋友张的眉头舒展开来。朋友张一定又为孩子的成熟老到心里乐着呢。

当晚，在孩子的宿舍，朋友张将从家里带来的床单、床罩拿了出来。那床单、床罩花花绿绿的，是孩子他妈购置的，是父母的一片爱心。却见那孩子的脸色难看起来，几个同学的目光瞅了过来，有点嘲弄意味。孩子憋不住了："这么老土的东西怎么也带来了，什么不好带呀！"正满心欢喜整理着床单的朋友张的脸上忽然凝固了，像上了霜似的。孩子还在嘀嘀咕咕："这种东西早就该丢了，还带到这儿来，我们家真搞不好了，搞不好了。"边说边自嘲地撇撇嘴，用不屑一顾的神情乜斜了朋友张一眼。朋友张终于耐不住性子了，一个巴掌打在了孩子的脸上。老半天，才憋出一句话来："什么都搞不好了，就你搞得好！"

春　霾

这一天清早，明人是在暖春的气息中醒来的。他没有眺望窗外，洗漱并简单几口早餐后，就出门了，心情还算不赖，电梯迅速上来，他踏入电梯。

电梯下降了一会儿，就听见了孩子哭哭啼啼的声音。电梯在一个楼面停下，门打开，站着的正是这个满脸是泪的孩子，戴着绒帽，衣服裹得紧实，还是冬天的装束。小不点儿眼睛大大的，倘若不哭的话，眼睛一定很晶亮。一男一女两个大人站在小男孩的身后，好像也不管他的哭闹。明人不认识他们，看样子他们应该是一家子。

令明人始料不及的是,在电梯门启开的那短暂的时间里,小男孩竟手指明人,气急败坏地说了一句:"你讨厌!"说得像大人的口吻,干脆利落。

明人一愣,半晌缓不过神来。这时牵着孩子正准备进入电梯的少妇连忙说道:"你怎么可以这样说叔叔呀,快向叔叔道歉。"小男孩还在哭泣着,并不搭理她。哭声里仿佛是他受到了莫大的委屈。

少妇长得瘦瘦的。明人只是侧目感受到的。他的目光还是停留在小男孩的脸上。他好半天没吱声,不知怎么说好。不过,心情并无不快。一个懵懂的小男孩嘛。

那男人也开腔了,声音是软绵绵的:"和叔叔说声对不起呀。"声音一出,就在电梯里消弥了,就像未曾说过一样。明人无动于衷,孩子也无动于衷,他还在一声高过一声地哭泣。

"你真讨厌,一天到晚哭哭闹闹的,你要什么已经给你什么了,你还想要什么?!"少妇憋不住地数落开了。

"我要,我要……"小男孩抽抽噎噎地回应,也许是想要的东西太多了,一时表达不出来了。

"那你和人家快道个歉。"少妇催促道。

小男孩仰起脸,漠然地盯视了明人一眼,依然不吭一声,只是抽泣。

电梯到一层了。门打开。小男孩便蹿了出去。那男人像蚊子在耳朵旁鸣叫一般,很轻地说了一句:"对不起哦。"

明人咧了咧嘴,牵出一丝勉强的笑,说:"没关系。"

这一家三口快步走到了前面。摁了单元小玻璃移门,门缓缓打开,他们迅速走了出去,也没回头或者有所停留。

明人走到门口时,玻璃门正巧缓缓闭上,把他堵在了门内。

透过玻璃门,他看到室外雾蒙蒙的,那是浓重的雾霾。那个孩子的身影很快淹没在那一片雾霾之中,哭泣声却依然清晰可闻。

今天的天气是中度污染。明人此时感觉心头郁闷烦躁起来。这讨厌的,春霾!

暗号照旧

一个天高云淡的周末,明人正与几位朋友喝茶聊天,刘冰搁在桌上的一只手机骤然抖动不止。他拿起手机,按了接听键,先是"嗯"了一声,随即又吟了一句被篡改的诗:黄河照样流。然后才神情自如地与对方交谈起来。挂了电话后,有人问道:"是谁呀?""哦,是我太太。她钥匙忘带了,让我待会稍早回家。"刘冰回答。"可你刚才一上来念的什么诗呀,怪怪的。"明人好奇地发问。刘冰笑了,带点诡秘,这是我家的秘密。他没说下去,话题又被旁人扯开了,明人也没把这放在心上。

大约半个月之后,明人与刘冰等一同去法国巴黎游览。晚餐时,刘冰发现自己的双肩包丢失了。这个双肩包里有皮夹子、照相机,还有手机等,平时都是随身携带着的。刚才去土特产店买东西,又上了一回公厕,走到餐厅时,才发现双肩包不在了。赶紧循着走过的地方寻找,也询问了服务员等,都不见这包的影子,估计是被人顺手牵羊了。明人等陪同刘冰去当地警署报了案。包里价值不菲,刘冰自然沮丧,而且有一点突遭打击之后的发懵。有人提醒,快点挂失,不然银行卡、手机之类都有进一步损失的可能。刘冰说身份证留在家里了,只能让在国内的太太去代办了。但用明人的手机拨了他太太的手机几次,他太太一直未接。刘冰叹道:"陌生来电,我太太从来都不接的。"这会儿,太太一定在外吃饭,回家也必定很晚了。但这包也一定落在了坏人的手里。要避免更大的损失,必须争分夺秒呀。大家一时无语。明人忽然想起一个主意,说你要不先发一段微信给你太太,再怎么样,她总会看吧。无论她相信与否,你再反复拨打她手机,说不定她就会接了。于是,按此办法又试了试。前两次对方都没接,第三次明人帮忙接通了,刚刚喂喂几声,电话又被卡了。耐着性子再试,终于又接了。刘冰急急切切地对着手机又是一句不伦不类的诗:巴黎共此时……雯雯,我是冰冰呀,我是冰冰,是的,你听我说……对方显然也回应了,刘冰把该说的话一股脑儿地说了。结束通话,他脸上的汗已从双鬓直流而下。

总算搞定了这一切,大家绷紧的心弦稍稍松弛了一些。明人便又想起刘冰每次与太太电话,第一句总要念一句诗,不禁又重提这一疑惑。刘冰说,这是我们两人之间的暗号。你们两人的暗号? 这是怎么一回事? 明人和大家都充满好奇。这可只是以前小说、电影里见过的事呀。

"给你们说一件我家的丑事吧,"刘冰说,"反正都是兄弟。去年春节前,我去外地出差,接到一个电话,是我太太打来的,电话里杂音很重,我感觉太太的语气很急迫,说她被车撞了正往医院赶,因为没带钱,让我往朋友的卡里打点钱,我心急如焚,问了卡号,便迅速转了一万元过去。随后我打电话给我表弟,让他赶去医院代我照顾。表弟赶到医院却找不着我太太。又专门拨了我太太手机,我太太回了,好半天回的,说她在做瑜伽,根本没有车祸上医院一事。我获悉后,无论如何不相信。第二天赶了回来,和太太一起去报了案,才知道,现在电话诈骗花样很多,一定是有人采取手段盗用了我太太的手机号,还模仿了我太太的口音,对我行骗。这个案子好久没破,但我和太太则想出了这一招,就是每次出差,都说好暗号照旧。每当接听电话,都得先说一句诗,一个人说一句,要对得准,是用我们恋爱时闹着玩的那种,有所修改,但不走样。刚才要不是对了这首诗,她准保又把电话撂了。这次我们的暗号是,接电话的先说一句:海上生明月。打电话的则将自己所处地方加进去:巴黎共此时。暗号就对上了。"

不久后的一天,明人与刘冰约好晚上一起小聚。下午时,刘冰打来电话,说他和太太有事耽搁,待会儿直接到饭店,让他帮忙接一下他的宝贝儿子小冰。小冰念书的小学,就在明人单位不远。他们也都挺熟了。明人爽快地答应了。到了学校,在校门口候到了小冰。可小冰迟迟不愿上车。明人说,是你爸爸让叔叔来接你的。小冰大人似的一撇嘴:"可以呀,可你得说出暗号啊!"暗号? 明人愣了,忽然明白了,连忙拨了刘冰的手机。刘冰在那头笑了:"忘了告诉老兄了,不说暗号,小冰是不会跟父母之外的人走的。"那今天暗号到底是什么? 今天的暗号是……明人挂了电话,对小冰扮了个鬼脸,说了一句:今天暗号照旧。小冰立即绽开了笑容,飞快地爬上了明人的小车。

直播女孩

那天在朋友大刘的家里，大家唱得很嗨。大刘刚从西藏采风回来，叫了一大桌人，好多人明人都不认识。天南地北地闲聊，一杯接一杯地猛灌大刘从西藏带来的青稞酒。大刘禁不住踩着音乐的节拍，舞动起了身子。酒酣耳热，明人也即兴地唱了一曲。明人的哥们大严在机关任一官半职，平素不苟言笑的，这回也手舞足蹈，跳了一段不伦不类的新疆舞，也图个乐子而已。

他刚坐定，掌声还未退去，明人就发现他的眼光蓦地一冷。循着他的目光望去，看见座中一位女孩面对着搁在面前的手机屏幕，做着什么表情。如果没有看错，那个手机镜头差不多正对着大严刚才表演的位置。明人轻声向大刘问一句："那个女孩在干什么呢？"还未等朋友大刘回答，那个女孩显然是听到了明人的问话，训练有素地对着明人，也是对着手机，莞尔一笑，念对白似的说道："我正在直播。这是一位朋友的家里。"毫无疑问，刚才大家的表演都被他悉数收进了镜头，并通过网络已经迅即地传播。这时，大严低声然而威严地说了一句："你把它关掉！"女孩瞥了瞥他，依然笑容可掬的模样，凝视着手机："这是我的工作，我每天必须直播三个小时，现在还不到一半时间呢！"

这就是时下流行的网络直播，有人爱，有人恼，众说纷纭又扑朔迷离的网络直播？怎么这直播就搬到私密的饭桌上来了？大伙儿不知不觉的，无拘无束的言行，竟然就被直播出来了？也在官场的明人,心里咯噔了一下,顿觉气短胸闷。

这时,大严脸色已显铁青,他走了过去,一把抓起女孩的手机,狠狠地砸在了地上,声音响脆,手机被碎成了几瓣。

女孩的脸哭丧着,欲哭无泪,充满委屈。大刘连忙打圆场,说女孩直播有点小影响的,她无恶意,怪自己没有提醒她,今天有官员在,不适合直播。虽然大严动作激烈了点,但也是性子急,至于女孩的手机,他会赔给她。

场面有点尴尬。女孩被人拉走了,明人和大严他们也没坐多久,便不欢而散了。

此事过去大半年之后,某一日,明人和大严又与大刘品著聚聊。想起上次那位女孩,明人总隐隐有些不安。他询问大刘:"那位女孩没什么过激言行吧?"

大刘笑而不语。他只是打开了手机里的一段视频,让明人和大严观看。

那是贵州的一个山村,一村孤独的老人生活十分艰难,满面愁苦,有一位老妪,半身不遂,身旁没有一个人照料。旁白说,这个村的年轻人大都奔向大城市里了,这些老人们既留恋自己的家乡,又缺少基本的赡养和照顾,生活质量低劣。旁白呼吁,年轻人献出爱心,多多关注、关爱这些孤独无助的老人们。

视频分成上、中、下三段。最后一段,则是讲述一位女孩在这小山村居住了好几个月,她在那里建起了一座爱心屋,把设施配全了,还聘请了几位年轻妹子。这些老人生活在阳光满满的屋子里,笑容灿烂,生活安定。片尾才闪现了一位女孩的脸庞,说是爱心屋的主人,用自己这几年积攒下来的钱,在自己的老家建造这样一幢爱心屋。这女孩的脸庞似曾相识。明人和大严相视一会,忽然醒悟,这就是那位直播女孩呀!

大刘笑道:"人家现在已算网红了,这个视频网上反响很大,连新华网、人民网都转发并加以点评了。"

"她,没记恨我们吧?"大严说。

"哪里,她前两天还给我来电,说要感谢你们,要不是你们当天给她一顿棒喝,她还在这城市里晃悠,直播一些轻轻飘飘不接地气的东西呢!"

明人看见大严此时拭了拭眼角。

不久后的一天,明人的手机"叮咚"一声收到一条信息,是大刘发来的一个直播视频。明人打开一看,直播女笑容可掬,声音甜美,在介绍爱心屋,说是有许多爱心人士支持他们的爱心活动。她说,今天要向大家介绍一位上海的大哥,他特意赶来我们小乡村,捐赠了十万元人民币,还利用休假,在爱心屋担任义工半个月……画面竟然出现了大严的身影和面容,他面含微笑,目光柔和,面对镜头,淡定而从容……

陌生人的拥抱

"网上真是一个是非之地啊!"有朋友给明人发来一则关于覃老弟的传闻,附上了一张图片,还如此感慨了一句。明人一看,便觉无聊,说覃老弟是同性恋,并且以照为证:他在街头与一位毛头小伙子相拥相抱。覃老弟是十多年的好朋友了,大家交往频繁,知根知底,如果他好这一口,怎么会不被察觉,简直胡扯。不过,这张照片似乎又不像被 PS 过的,这倒有点蹊跷。

打了电话,约覃老弟喝茶一聊。覃老弟一听明人发问,便微笑不语,点击了几下手机,把新打开的页面亮在明人眼前。那是覃老弟与一位妙龄女孩轻轻搂抱的画面,画面中的覃老弟面容淡定,带着一种坦荡纯净。那女孩的手臂轻绕在覃老弟的腰间,也面呈羞涩,不无高兴,神情也显出一丝落落大方。下面的一句点评则格外刺眼:此叔原来是个双性恋!

明人诧异了,覃老弟则一脸无所谓的样子,像"老外"似的耸了耸肩,脸上露出一丝"覃氏调皮":薄嘴唇一咧,肉鼻子往前一拱,模样怪怪的,把明人一下就逗乐了。"覃氏调皮"一说,还是明人十多年前给命名的,当时就引得朋友们的一致叫好。

一笑之后,覃老弟便竹筒子倒豆,把事情的由来说得清清楚楚的。那天,他上街,走到大拇指广场的入口,有一个大学生模样的男孩站在那儿,眼光迎着他。他还以为是发小广告的。他避开目光,不想搭理。这位小伙子还是堵住了他的去路,对他很谦恭地介绍道:"先生,我是在校大学生,正在做一项社会实验,您能和我握个手吗?"覃老弟迟疑了一下,但他迅速"咀嚼"着小伙子所说的话,又见他是个稚气未脱的书生,便伸出手去。他也曾在校工作多年,是从学校调出担任报社副主编一职的。他想,自己可以理解这些学生及其有关社会实践活动。小伙子握着他的手,连着说了几声:"谢谢,谢谢您,谢谢您支持我的实验。"他还接着问道:"您就不担心与陌生人握手吗?"覃老弟莞尔一笑,拍了拍他的肩,算是打过招呼,就离开了。这么正常的事儿,有什么可以担忧的呢,他心里在想,何况这事即便出格,也不会有太大风险呀。

他这么想着,也快步走着,走了不过百步,又有一位长发披肩的女孩出现在他面前。他以为那女孩也是想与他握手的,所以,当她伸出手臂，他也不自觉地抬起了右手臂。不料，这位还蛮清秀的女孩竟然这么说道："先生，我能拥抱您一下吗？我们，这是一项实验。"小姑娘眼神中掠过一丝忧虑，转而又闪现一种殷切的期盼。覃老弟看着与自己的女儿差不多大的小姑娘，心生一缕怜爱，他微微点了点头，姑娘就双臂伸展，轻轻拥抱了他一下，他也双臂轻搭在她的肩头。他闻到了女孩的一身芳香。只一会儿，女孩松开手，退后两步，向覃老弟欠了欠身："谢谢您，谢谢您的支持。"覃老弟彬彬有礼地回道："不客气，不客气。""先生，您就不怕与陌生人拥抱吗？"姑娘又接着问了一句。覃老弟想，这大约是他们的公式化的提问，便仍是微微一笑："冒险的事，总是会付出代价的，不过，这不会有太大风险。我相信这一点，也相信你！"姑娘双脸嫣红，朝他又深深鞠了一躬："谢谢您，先生，您说得真好！"

刚与姑娘告别不久，又有一位小伙子在路旁候着他："先生，我能问您要个手机号码吗？"这回，覃老弟有些警觉了："你，要我手机号码干吗？""先生，我们是在做社会实验，看您会给陌生人手机号码吗？我想，我也可以与您交换号码，算是交一回朋友。"小伙子说得语句有点结巴，但说得还是入情入理的。覃老弟于是也爽快地把手机号告诉了他，还问了他的姓名。小伙子说，他叫李让。他还自我介绍他是 H 大学的一位在校学生。他感谢覃老弟对他们活动的支持，最后也问了一句："您就不担心被陌生人要了电话，会有风险吗？"覃老弟薄嘴唇一咧，肉鼻子往前一拱："这又有什么太大风险呢！冒险的事，总会有代价相随，不过，这没什么的。"小男孩提出要和他拥抱一下。覃老弟也和他拥抱了一下，然后告辞了。

几周之后，忙碌的覃老弟早把这天的遭遇给忘了。有同事在网上首先发现了覃老弟与小男生相拥的照片,之后,他与女孩相拥的照片也出现了,照片倒没什么,是下面的文字让他受不了了。他心里一阵气恼,怀疑自己是被设计了。他于是想要拨打电话给小男生李让。偏巧,李让先打了进来。小男生充满歉意,也十分诚恳:"先生,这是我们的错,我们是在做正常的社会实验活动,是一位同学开玩笑,把您的照片发同学圈了,又有同学加了几句不该说的话,把玩笑开大了。我们学校现在正在处理,马上就会给您一个满意的结果。"

覃老弟把这事和网上的传闻都告诉了太太和女儿,她们都对覃老弟很信任,太太还和他调侃了一句:"没想到你有这样的爱好,还偷食小鲜肉,隐藏真深呀!"他女儿也哈哈大笑起来,覃老弟又面呈"覃氏调皮"的怪模怪样。

翌日,李让等几位学生在一位老师的陪同下,到覃老弟家登门道歉。老师说:"首先,网上信息已被删除,犯错的两位学生已被警方处理,给你带来麻烦了,我们愿意承担责任,并为此付出代价!"

覃老弟又笑了:"这是冒险,必定付出的代价,不过,我不是说过吗? 这不会有太大的风险,我无所谓的。"说完,他的"覃氏调皮"又生动欢快地展现在脸上,让所有人都忍俊不禁起来……

司机老马

　　老马国字脸,粗眉大眼,爱戴一副宽墨镜,有一股寒气逼人的气势。他干的却是把方向盘的活儿,一干就是四十年有余,车技娴熟,市内外道路都熟悉得很,仿佛天下之路尽在他的肚腹之中。早先没有 GPS 之类的行车指引,之后有了,也不如他驾轻就熟,要到哪个点,和他说清了,一踩油门,当中不带任何迟疑困惑。牛老板就曾赞叹过:老马,识途之人!

　　牛老板说的这一句还挺文绉绉的,其实他只是个大老粗。他在部队干过,后来转业在一家化工厂做销售,再后来自己下海闯荡,竟也打拼出一方天地来。早年,他看中了老马,是看他的这种形象,挺神秘和威严的,就把他招入麾下,起先只是做跟班,打打杂。后来有一回,自己的宝马车在小巷被别人的车堵得难以动弹,他又有急事要去处理,司机也急得满头是汗。折腾了大半天,宝马车还像一只笨猪一般直喘粗气。这时老马主动请缨了,他让司机离座,自己跨进座位,在牛老板一脸狐疑的目光中,他手足并用,屏气凝神,那付墨镜在鼻梁上也纹丝不动。三五分钟后,宝马车竟横空出世般,卧于车道了。如此精湛的车技,令牛老板眼睛一亮,不久,就让老马成为他的专职司机了。老马识途的种种优点,都开始充分展露了。他车开得稳,把车也呵护到位,车内车外都拾掇得干干净净,一尘不染。人也挺像模像样,一脸正气,不擅自用车,甚至不许未经老板同意的任何人进入车内。在为牛老板开车的一年多内，从未发生过一起交通事故甚或车辆刮蹭事件。

但牛老板还是把他辞了。有一回，牛老板在车上有点困，正打着盹，忽然车子一个急刹车，幸好他系了安全带，他身子往前倾了倾，完好无事。再看窗外，一辆小车在避开他们车子时，慌不择路，撞在了路边的栏杆上，车前盖立马扭曲翘起。司机老马的墨镜下边的腮帮子微微颤动着，这是透示着一种得意。

司机老马爱憋气。人家超他或有意无意地压着他的车了，他必定稍做调整后便追赶上去，超越人家，或者用车或明或暗地去逼停人家。逼停了也不理论，一踩油门，扬长而去。此时可见他的腮帮子笑颤着，微微的。

这太随性，也太危险了。在商海谨慎遨游的牛老板，坚决地把他辞了。不过，他还挺讲情意，向在机关工作的一个老朋友推荐了老马。他们正需要司机。

老马在机关循规蹈矩，干得稳稳当当，也改了爱斗牛憋气的坏毛病，年年被评为好司机，一直干到光荣退休。也正巧机关"车改"。

这一年，他刚退休，牛老板又把他召回去了。他让老马为自己的儿子牛小牛开车。

据说富二代牛小牛的司机已换了无数个了，那些什么保时捷、玛莎拉蒂、兰博基尼等之类的名牌车，都坏了好多辆。牛老板不得不干预了，他信得过老马，把他找来给儿子开车，他才放得下心。

老马名不虚传，何况又在机关历练了这么多年，富二代牛小牛常常把脱了鞋的脚高高地搁在前排座背上，随着车内音响大声哼唱着，时不时地蹦出几句对老马的赞赏。

老马笑而不语。墨镜下的腮帮子也只是微微抽动几下，他紧握方向盘,仿佛在排除一切干扰,聚精会神地驾驶。

有一回,忽然非常不雅地躺在后座的牛小牛怪叫了一声。老马飞快地回望了他一眼,那"富二代"指着前方车道刚超越他们的那辆红色宝马车说:"快,快,快超过它!"

老马明白了,这牛小牛又来劲了。前几次,只要有美女驾车的,他一准让老马超车,有时在高速路上,实在不安全,他也蛮横无理,让老马一切听他的,出了事他负责。

内环高架上,是下班高峰,车道上挤挤挨挨的车,稍不注意,就可能碰撞。老马自然知道这点,但这小主子牛小牛不管不顾的,他也不好拒绝。但他心里有数,稳稳地踩了油门,在车与车的缝隙间穿插游走,很快就与那辆红色宝马并驾齐驱了。

牛小牛摇下车窗,向那个陌生的美女驾驶员挥手致意了。那个美女驾驶员并不理他,加大马力,又把他们甩在后边了。牛小牛火了,他让老马再追赶上去:"这小妞太不给脸了!"

老马心有不屑,但也不能轻易违命。于是,车子又快速奔驰,迅即又赶超了红色宝马车。之后,还有好多次,两辆车或前或后的,较劲一般,让老马想到年轻时开车斗牛憋气的情形,这是他被辞反思之后深恶痛绝的,早就暗下决心改正了。不料,现在又干上了。不,应该是被迫干上的。他有一点厌恶。

忽然,车子正与红色宝马齐头并进时,牛小牛猛然站起身,疯了似的扯拉了一下方向盘。车子立马向右一拐,即将撞向了那辆红色宝马车。

老马知道,这"富二代"是想撞车,这是比他当年逼停对手更狠的一招,他也听说,这牛小牛用这种伎俩搭讪美女,追逐美女,屡屡得手。反正他老子有钱,撞了车他全赔,甚至更换更昂贵的名车,以此接近美女,获取美女芳心。

刹那之间，老马蓦然扳正了方向盘，车右侧大约只差几厘米，与红色宝马车擦肩而过。好险呀，后面车的司机都发出了叫声。红色宝马车的美女此时也吓得面如土色，车速明显放缓了。

　　"你怎么不撞上去！你这胆小鬼，出了事，我负责！"牛小牛咆哮着，手挥舞着，唾沫四溅。

　　老马竟不吭声。他依然稳稳地驾驶着车子，牛小牛看不清他镜片后面的眼神。

　　回来后，老马便主动向牛老板请辞了。牛老板颇惊讶，给牛小牛开车，给了他高薪，还为他另买了保险，别人求都求不来呀。老马只说了一句："感谢老板，我只是老了，不适合开车了。"说完，他摘下了墨镜，一双瞳仁亮闪闪的，透着一股明净和坚决……

男儿泪

　　明人深知"男儿有泪不轻弹"这句话的含义，可偏偏落下了一个毛病：看书、看碟、看电影，往往情不自禁眼眶湿润，甚至掉泪。在出访欧洲返程的飞机上，观看了影片《泰坦尼克号》，他的眼泪扑簌簌地流淌；半夜时分，一个人躺着看碟，一部电视连续剧，也让明人心海奔腾，那咸咸的泪水时不时从眼窝里溢出。

　　人到中年了，是不是更加敏感细腻，又有点感伤忧郁了？中年的忧郁期果然悄悄来临了？

　　都知道明人是铮铮男子汉，如果老掉泪，传出去总不是好事。因此，明人也时时提防。

那一天,是明人带一拨人坐着大巴士去考察。由于路途遥远,期间大家打瞌睡、看电视、闲来瞎扯的都有。明人坐前边,司机后的第二排座位,属一车最高领导的座位。他爱看书,静静地阅读一个名作家的新作。小说叙述的是几个小兄弟,闯荡部队,之后又返回地方的故事。情节跌宕起伏,人物也特感染人。明人之前读过一部分,此时在车上,他已读得如痴如醉,很快,眼睛就被濡湿了。身后手下人都在,他不想掉泪。于是赶紧运用"转移法",眼睛暂时离开了书本,以控制住自己的情绪。如此这般,有好多回了。有时泪一下子奔涌出来,他又迅速放下书本,眺望窗外。外面阴郁的雨,濛濛然的天气,还有黄黄一片菜花田。眼泪渐渐消融了,凝固了,淡去了。也有几次,悄悄用手指拭去眼角垂下的泪滴,若无其事的样子。也怪那本书写得真是感人,明人沉浸在书中,很容易就情不自禁起来。有一次他甚至有点哽咽了。他怕自己发出声音来,又赶紧放下书本,揉眼,望天空,深呼吸一口气,闭目宁静了一会儿。

没想到身后也传来一阵唏嘘,还有人竟然抽泣起来。他不明白发生了什么,也不敢马上回头察看。他怕自己脸上的泪痕尚未褪去,让部下发觉。可后面的唏嘘声并未立即停止。他纳闷了,用手抹了一把脸,就回头看去。原来好多人在看车里播放的电视剧!他们竟然也都与明人一样:正情不自禁呢!

明人觉得心头一热,眼泪又像脱缰的野马一般奔涌而出。他迅即扭过身去,把整个脸都探出了窗外。雨,毫不留情地向他的脸颊扑来。很快,他的脸就全部湿透了,分不清是雨水还是泪流满面……

山里山外

　　他出生在深山。那是一个水草丰美,风光旖旎的地方。有一年,明人尚幼,参加了一次夏令营,来到了那个地方,认识了也在念书的那个山娃。

　　很多年后,明人都梦想能回到那个地方,那里的景是纯净的,人是纯朴的。但明人在都市身负要职,实在没有空闲去做这番心灵的追寻。

　　天赐良机,有一次出差,就在那山区邻近的县城。他决心请一天假,去一趟少年相会过的山庄,去看一看那个曾经的山娃。哦,他应该年过半百,子孙绕膝了吧,山里人结婚早些。

　　幸好这么多年还保留了地址,还断断续续有过信件往来,"山娃"也给明人来过信,说早就想来山外看看了。

　　明人记不清他们村的电话了,径直坐车找了去。

　　一点也不曲折,明人凭着幼时一丁点记忆,加之手上的地址信息,一路寻问,找到了"山娃"的家,见到了"山娃"的娘、媳妇和孩子,却没见到"山娃"本人。

　　而家里照片上的山娃他不认识了,那就是一个小老头呀!

　　原来,山娃离家出走了。他是揣着明人的那些信件走的。走时,他对他娘说,娘,对不起了,您老在,我不该远游。可我再不去山外,我就走不动了,像您老一样一辈子只蹲在深山里了。我想去山外……

明人闻之泪雨滂沱。他无心浏览这无数次在梦中闪现的景色，毅然回返。他要找到"山娃"。他想，"山娃"会来都市找自己的，毕竟，他们在纯洁无暇的玫瑰岁月，有过心灵的交融。

结果是令明人无法预料的。

在都市大海捞针一般，终究不能如愿。大约一个多月后，明人收到了山里来的一封信，是"山娃"写来的。他说他经历了长途跋涉，走进了都市，但没找明人，自己在一家工地找了一份苦力活，边打工，边瞅瞅这山外的繁华。有一日，他忽然想念山里的水草，山里的空气，山里的老小，他辞了工，就回来了。他说他去过山外了，这辈子值了……

信笺变得沉甸甸的了，不只是因为明人的眼泪……

母亲只有一个

明人决定好好与老柯聊聊。他请他吃西餐。点的都是老柯喜爱吃的菜肴。红酒烩鹅肝，鳕鱼配莱蔬，七分熟的烤牛排……老柯边吃边询问："今天你是碰上了什么好事儿，是炒股赚了？还是又官升一级？这么请我？"

明人笑笑，说："还真没什么好事。倒是有些郁闷。"

"郁闷？郁闷还请我尝美味。"老柯嘻皮笑脸地说，一边吃得津津有味。

"我有一个朋友，读书时就好得不得了。"明人开始叙述。

老柯停住了咀嚼，盯着明人："这人，我不会不认识吧？怎么了？碰上麻烦了？"

明人说你别紧张，我不问你借钱。

老柯脸色微微一红。

"这朋友当年慷慨呀，兜里只要有点零用钱，就都掏出来了，让几个好伙伴享用。有一次夜自修后，他买了十多个茶叶蛋，自己舍不得，只吃了一个，其他都让同宿舍的好伙伴吃。有一个家伙一口气吃了十来个，也不怕肚子撑着了。有同学看不下去了，但这朋友还是一脸微笑：让他吃，让他吃。总是很大度和豪爽。这对当年的穷学生来说，真是难能可贵呀！"明人说。

"你，是在说，我？"老柯警觉了。

明人没理他，继续叙述道："可这朋友这些年下海经商赚了不少钱，却变了不少。前些天有一位老同学告诉我，他们俩合作做一笔小生意。他的钱按约定迟迟不到账，而别人的一部分钱给他晚了两天，他却一步不让地要人家按当日银行行情付利息……"

老柯坐不住了："你这是在数落我呀！这，这也不能这么说……"

明人很沉得住气，对老柯的话置若罔闻，仍自顾自地叙说："我本来也觉得这位朋友是真正的节俭，或者精明，也从没往心里去。但前几天我又听说了一件事……"

"你又有从什么地方听来的怪话！"老柯有点不悦了。

"他的老母亲在家里头晕昏倒了。"明人说。

"是呀，这事有呀，我母亲是从空调房里出来，到客厅一下子觉得闷热而晕倒的。现在没事了。"老柯说。

"你没想想，大家都怎么说你吗？"

"怎么说？"

"大家都说因为你太省钱,客厅空调舍不得开,才让你老娘这样的!"

　　老柯羞愧得脸都红了。

　　"老柯,我知道你很有孝心。可你也太在乎钱了。这些年你也赚得不少,为何反变成现在这样了呢?"明人直言不讳。

　　"这,这……"老柯嘀咕着。

　　明人语重心长地说了一句:"钱再多,可母亲就只有一个呀。"

　　老柯的脸更红了,好半天没吭一声……

第四辑

真情故事

腌笃鲜

　　黄五打算圣诞节期间回国度假,明人就计划着要请他,还有郑重兄弟也要请来一起聚聚。掐指算来,又有四五年没见面了,都到了"五十知天命"的年纪,对年轻时的回忆会浓烈而深挚,这种相聚的机会也愈发显得弥足珍贵。

　　日历已翻到了冬至的这一天。在与家人围坐在一起涮羊肉时,明人心里就泛起了这几天老也挥之不去的问题。该安排什么样的菜肴来款待这两位当年的同窗铁杆兄弟呢？黄五是从异国他乡回故里,郑重也是久违了,他也向他俩掏出心窝里的话了,要请他们吃上一顿难忘而且配得上他们情意的宴席。话亮出去了,心里却空荡荡的,始终找不着答案。他还轻轻掌了一下自己的嘴巴:你就是太爽气,把自己套住了！

　　明人是记得最近的那次相聚的。那是黄五从早已定居的异国返乡回来,明人作东,安排在一家五星级酒店,郑重自然也赶来了。他是换下警服,套上了休闲装赶来的。他说军令如山倒,有些耽搁了,见谅。黄五故意逗他,那你与民同乐,先自罚一杯哦。郑重说,这个当然,谁叫咱们是最好的兄弟呢！不过,酒我平常只喝红葡萄酒,最多喝个小半杯,但今天老友相见,酒可满杯,我第一口先喝一半,算是向两位大哥致敬了,如何？

　　郑重话音刚落,黄五连忙附和:就红酒,就红酒,喝红酒也挺好,少喝点,少喝点！

黄五这么一说，明人知道拗不过他们了，他把自带的五粮液向他们晃了晃，无奈一笑，也不勉强，他自己也并不好这一口。

轮到点菜时，明人就更控制不住了，他刚点了几个硬菜，也就是价贵物美的菜肴，比如佛跳墙、蜗牛鹅肝、鱼翅捞饭，还有刚上市的阳澄湖大闸蟹。黄五首先喊话了，说自己从不吃这些，还是点些清淡、家常的菜蔬之类的，吃得更健康，吃得更有味。郑重也表示，这些山珍海味他也好久不吃了，自己有"三高"，可以再点些黑木耳、山药、芹菜之类的东西，就足够了。

明人一筹莫展。他自己也属于"三高"人士，可有朋自远方来，都点这些土菜，岂不有所怠慢？他还是想坚持再点几个硬菜，黄五和郑重两人却不依不饶的，他说，那就再来个虾仁炒蛋什么的，可他们也反对，说蛋黄也不可多吃。他只得作罢。

这一餐，大家细嚼慢咽，酒也是微抿一口。天南海北地闲聊着，气氛倒像是中规中矩的公务应酬，不冷不热，也没有高潮迭起。结束之后，回到家，明人还觉得有一点不尽兴，他想，这真叫士别三日，当刮目相看了，现代人都把命看得更重了。

想起他们在校期间，某一晚，明人在校门口买了十个茶叶蛋带到宿舍，他是准备这宿舍的三兄弟可以分享两三日的。不料，郑重，那时还叫郑狗，他的馋猫鼻子，最先嗅到了菜叶蛋的味道，从上铺一骨碌翻身下地了，拿了一个，嗞啦一下，就把蛋壳剥离了，迫不及待地把鸡蛋塞进了嘴里，嘴巴在鼓动着，一只手又抓住了另一个茶叶蛋，嗞啦两下，又剥好了，等待入嘴。黄五正好推门进屋，两眼放直了，也径直朝茶叶蛋奔来，以迅雷不及掩耳之势，就将一只光滑白嫩的鸡蛋送进了嘴里，黄澄澄的蛋黄碎粒也在双唇间显露，吃相极其不雅。三下五除二，十个鸡蛋很快就被消灭了。吃完了，黄五还在说，你怎么不多买几个？明人说，你们饿狼似的,也不怕被噎着?

现在想来,最难忘的一顿聚餐还是他们参加工作之后不久。口袋里有点自己赚的钱了,就到明人的单位附近一聚。是一家小饭店,说好每人分别点一个冷菜一个热菜。三个冷菜,明人点的是猪尾巴,郑重点的是白切猪肉片,黄五点的是猪头肉;三个热菜,明人点的是红烧肉百叶结,郑重点的是大蒜炒猪肝,黄五点的是黄豆猪蹄。大家笑坏了,这些菜可都是他们读书时最想吃的!在点最后一个汤时,大家分别在手心里各写上一个菜名,然后同时亮出手心,竟然都是三个字:腌笃鲜! 这回,大家更是狂笑不止,他们这三个是真正的食肉族呀!

腌笃鲜上来了。一个土色的砂锅里,冒着袅袅热气的纯白的汤面上漂浮着厚厚的油花。肥瘦相间的腌猪肉、鲜猪肉都沉积在锅底,用筷子一鼓捣,翠绿的笋片也跟着露出了汤面。肉香诱人,三个人吃得有滋有味,几瓶女儿红也很快见底了。

之后都记不清自己是怎么回到家的。不过,大家都记得这一餐猪肉宴,尤其是腌笃鲜,吃得满口生油,味蕾痛快,肠胃痛快,身心痛快呀!

这一定是没齿难忘的。如今,还会安排这样的饕餮大宴吗?明人在冬至夜晚,真的怀念那一顿聚餐,鲜美无比,且情意深厚!

没过几日,黄五到了。他们相约的地方是一家知名的酒店。菜自然都是名贵的。这不是为了奢华,这是为了表达对黄五的重视。起先,大家也是像上次那样,点的多半是清淡养生的菜肴,连汤都是萝卜排骨汤,说是这几天雾霾太重,以此清脑。喝的还是红葡萄酒,喝起来也是斯斯文文。三个人喝得有些兴味索然。

萝卜汤刚喝了两口,黄五先放下了碗筷,他憋不住了,说,我想点一个汤。

郑重眨了眨眼睛，竟然笑了，说：我也想点一个。

明人说，那就每人点一个，各自写在手心上。

稍顷，大家同时张开手掌，"腌笃鲜"三个字清晰可见，都龙飞凤舞地像是要展翅高飞起来。

他们连忙叫来服务员，而服务员竟然不知道有此菜名。又把酒店经理叫来，听明白了，说，有是有，好久没人点这个了，可以马上去安排。大家一阵雀跃。

腌笃鲜送上来了。大家又叫了几瓶女儿红，"酒肉穿肠过，情意暖心窝"，一阵猛吃猛喝，味道虽然不如当年，但依旧醇香诱人。

出了酒店大门，他们仰首望星空，看见星光陷入迷朦之中。他们想，今天这一晚，一定很难忘！

书生有礼

春分这天，明人忽然想起了老师。十年前的这一天，明人就去老师家祝过寿，那时老师正届古稀之年。时光荏苒，当年的班主任老师今年应该是耄耋之年了。忙忙碌碌的，怎么差一点把这事给忘记了呢？

从在校念书开始，每逢老师大寿，明人都会邀几位同学一起去拜寿。老师温文尔雅，对他们视如自己的孩子，慈爱有加。那双镜片后的眼睛，眯缝着，亮亮的，永远对他们投射出充满怜爱的情意，让他们一想到那一缕目光，心里就格外温暖亮堂。

那一年他们即将毕业，丁伊勤悄悄告诉明人，老师明天过生日，听说是五十大寿。明人心里一动，就召集伊勤等几个小伙伴，合计着登门拜寿。之后，虽世事更替，职场变迁，明人几次都去给老师拜寿。他是怀着对老师的一种感恩和崇敬之情，坚持这一行为的。

在老师八十大寿之时，毫无疑问，他应该做些准备。

虽居一定要职，时间还是不成问题的。但明人迟疑了，眉头也略微皱起了，是关于礼物的问题，他不知道自己应该送些什么礼物。

记得第一次去拜寿时，他们还是在校学生，自然囊中羞涩。伊勤和其他几位同学都目视着他，也一脸犯愁。后来，他建议大伙凑个份子，去街上花店里买了一束花瓣丰富、花香淡雅的茶花。那一晚，当他们出现在老师家门前，茶花也似乎笑容可掬地映入老师和师母的眼帘时，明人注意到，老师眯缝着的眼睛闪亮，显然喜出望外。那一晚，老师拉着大家喝茶，聊天，十分高兴。

老师花甲之年，明人前去祝寿，那时明人已是一家小报主编，忝列处级之列。作为一介书生，他带了他新近出版的一本作品集，就匆忙登门了。那一天，他发觉自己太寒酸了，心有羞愧。因为，伊勤也来了，好多年不见的伊勤发福了，听说也发了财，他给老师赠送了冬虫夏草等，一大摞礼物，在客厅中间的茶几上，堆得像座小山似的。明人临走时掏出一千元钱，悄悄塞在老师的手里。老师却推脱了，这让明人自责了好多年。老师自然不会嫌弃什么，但自己如此出手，相比较伊勤，真是有些无地自容了。那天，伊勤胖乎乎的脸上，油光闪亮的，似乎把整个屋子都照亮了。

老师古稀之年，明人也独自去了。明人刚从美国考察回来，带了两盒美国西洋参，似乎顺理成章。老师起先执意不收，但架不住明人的极力相劝，最后勉为其难地收下了。这一回，明人也才知道，当年老师把伊勤送的好多贵重礼品都退了。

老师说，他受之有愧，大家能来，他就非常高兴了。这一次，伊勤没有出现。听说伊勤的生意最近不好。

耄耋之年，明人理当为老师祝寿的。他搜肠刮肚，仍然想不出什么更好的主意，再不去就耽搁了，他让司机赶紧送他过去。

叩门时，他手捧着自己这几年业余撰写的几本著作（他们正好搁在车上），还拎着一盒自己参加援疆工作带回的南疆干果，心里不无忐忑。

门开了，还是老师亲自开的门。虽然头发更显斑白，皱纹也在脸上深刻密布，但老师的笑是炽热的。

明人说，给您拜寿，不好意思，也没给您带什么礼物。

话还未说完，老师就说："要什么礼物呀！你来就是最好的礼物！"

师母也笑着说："你来呀，他高兴，现在好几位同学都不来了。你这么忙，还来。"

老师接口说："大家都忙，别去计较。明人呀就是一书生，书生有礼呀！"

老师此时眯缝着的眼睛闪亮了一下，明人发现，眼眶里隐约有泪。明人顿觉自己也眼窝一热，视线瞬间模糊了……

醇香的封缸酒

　　这瓶封缸酒，还久藏在明人家里，一直未动。是当年一位长辈奖给明人的。因为明人十八岁就发表了一部短篇小说，长辈看后赞不绝口，便将多年珍藏的这瓶封缸酒，视作奖励，赠予了明人。

　　明人虽不贪酒，但毕竟懂得这陈年老酒的品级，便一直视之若宝，束之高阁。

　　曾有一次，明人带着它到了北方。那次是一拨人出差。明人仰慕出差地的一位 L 姓作家，正巧一位朋友与作家熟识，答应为明人引荐。明人没有多想，就带上了这瓶封缸酒。

　　在去北方的火车上，明人抑制不住自己的兴奋，向同行的一拨人透露了这一信息。这一拨人虽然并非与明人一样酷爱文学，但似乎也都能理解明人此刻的心情，有人还说祝愿明人心想事成，与 L 姓作家结为知己。

　　在北方待了一周，公事都办完了，还去当地的名胜古迹游览了一番。在最后一天时，明人在宾馆房间接到了一个来电。来电者说他就是 L 姓作家，知道明人来了，很是高兴，但因近期实在太忙，又在远郊，恐无法见面了，问他有何具体事情，尽可吩咐。握着电话，明人已经极为激动。明人在电话里一迭连声地向 L 姓作家问好，一时间也说不出什么具体事来。挂了电话，明人才瞥见桌上的封缸酒，心里遗憾，应该给 L 姓作家送去的。这么一想，明人竟发现忘了要他的电话了。当年手机还未流行，他只能留憾了。不过，L姓作家的平易近人和亲切感，瞬间让他感觉深深的暖意。

晚上同事们一起聚餐时，有人憋不住嘻嘻哈哈地提起了L姓作家的电话。明人才恍然大悟，这电话原来是同事们打的，他们与明人开了一个善意的玩笑。

玩笑归玩笑，L姓作家终究没有来联系过，这让明人在心里对L姓作家大打折扣。明人心里有点凉意，也不顾旁人的感受了，坚持把封缸酒又带了回去。

许多年过去了。明人也算是一个有些名气的写作者了，获奖无数，又在官场打拼，职级也不算低了。某一天，明人偶尔参加了一次活动，竟邂逅了已老态龙钟的L姓作家。

那时的仰慕和敬意，早已随着时光流逝而消褪许多。与L姓作家素未谋面，在这么多人的场合，明人也尽可能不与他言语。因而明人若有所思，却无一丝行动。

但是，在台上，L姓作家的一段自由发言却可看出他宝刀不老，情怀不减，在当下尤其难能可贵，让明人心里泛起一阵涟漪。

L姓作家走下台时，明人情不自禁地走过去，紧紧握住了L姓作家的手。明人说了当年那段往事，他还让司机从家里拿来了那瓶封缸酒。

封缸酒来了。明人小心地开启瓶盖，顿时一阵醇香飘溢弥漫，沁人心脾。他恭恭敬敬地向老作家敬了一杯酒。那酒将他和老作家的脸颊都染得通红通红。

代驾的故事

一

明人偶尔驾车去赴私人宴会。一入席，大家都不饶他，来了酒都不沾一口，是想"世人皆醉，唯我独醒"吗？没门！

都是好友，拗不过，明人有点犹豫："只是我今天开了车来……"话音未落，即有人自告奋勇了："我负责帮你找代驾，尽管放心！"这么一说，明人就毫无理由推辞了。举杯痛饮，也成了这次饭局的主旋律了。

散场时，代驾是一个精瘦的小伙子，早候在门口了。明人看见朋友给了这代驾一张纸币。小伙子把明人的车开了过来，明人拉开后车门，安然入座后，告诉了他目的地。小伙子说，他知道了。明人听出来，是异乡人的口音。明人还追问了一句："你认识路的吧？"小伙子说："那当然。"小伙子一踩油门，明人头一晕，车驶入了车水马龙的大道。

今天的酒喝得既猛又多，明人闭上眼睛，稍稍打了个盹。睁眼时，发觉车子已驶上了高架，但高架上的标识牌和沿途的建筑物让他生疑："咦，你怎么上内环反向走了？你是想兜风呀？""没有呀，这样也可以到达呀。"小伙子解释道。"什么叫可以到达，条条大路通罗马，你难道还想绕地球一圈？"明人恼道。

"你快下匝道，再绕上去，按你的说法走，要走大半个城市了!"明人敦促道。

小伙子有点不情愿,嘴里嘀咕:"好,好,我听你的,就听你的。"

"你开几年车了?"明人发问。

"八年了。"小伙子说。

"哦,那也算是一个老司机了,"明人说,转而又问道,"你在代驾公司开车有多久了?"

"嗯……三个月吧。"小伙子吞吞吐吐地说。

"三个月?难怪你这么绕走,路都不熟,你还做什么代驾呢?"明人摇头。

"拖儿带女的,总得养家糊口吧。"小伙子的声音有点沉闷。

"那你一个月能赚多少钱?"明人忽然生出一丝怜悯。

"没多少,两三千块,还没日没夜的。"小伙子说。

"那公司拿多少?"

"公司拿一半,我拿剩下的一半。还要坐地铁赶来,有时地铁不到的地方,得打的来开车!"小伙子倾吐着苦水。

明人怜悯更多,一时也不吱声了。

终于到了家门口。车刚停进泊位,小伙子下了车,回身对明人说:"原来是通知我开到城中的,现在都到城东了,我回去地铁都没了。老板,你能不能再加我一点钱?"小伙子说得很可怜。

"要多少?"

"给两百吧。"

"这么多?"明人一惊。

"老板,我一半钱还要给公司呢!"

明人从兜里掏了两张票子给他。

小伙子接了,迅即就转身步入黑夜之中。只留下明人,暗自发呆了好久,他不是舍不得这两百元钱,他在想,自己是同情成分呢还是成人之恶?

二

代驾把车开得很稳。

有过上一次的经历,明人虽然喝了点酒,有点犯困,但还坚持不睡,努力与代驾攀谈。

这位代驾与上次那位年龄相仿,但脸庞四四方方的,目光炯炯有神,一看就知是个行伍出身。

果然,代驾说他服过役,三年志愿兵。开车也有十多年了。

"代驾多久了?"明人很随意地问道。

"一年,"代驾说道,随即又补了一句,"挺有意思的呀。"

"哦? 有意思在哪?"明人这回好奇心来了。

"老板,这么说吧。我一看就知道你这车是私人的,如果是公车,就好玩了。"

"好玩了? 什么意思?"明人懵懵懂懂。

"说一个故事给你听吧。"代驾看了一眼明人,说道。

"前段时间,我被呼叫服务,路上堵,我迟到了会儿,那个找代驾的秃顶男人就对我骂骂咧咧的。我上了车,启动了引擎,秃顶男人嘴里还是不干不净的。"

"他是喝多了酒吧?"明人说。

"喝多了酒,那也不能这么对我的呀。一路上极尽嘲讽,到了目的地,他竟然还不肯给钱。这也太不把我们当回事了。我拔了他的车钥匙,说,你这是公车吧?"

秃顶男人眼一愣神:"是公车,是公车又怎么了?"

"我是纪委特聘监督员,你这是公车私用。我还注意到了,你们是公款买单!"

"你怎么知道?"秃顶男人有点猴急。

"我迟到,是因为到账台去查了。是公款,要我说出发票上的单位名称吗?"

"秃顶男人这下像是酒都醒了,连忙掏出三百元钱,硬塞在我手上,一边塞,一边说'好了,好了,大水冲了龙王庙,算我错了,算我错了'。"

"我让他再加一点。真的,我不是讹他,我是要让他记住这事,长个记性,也让他懂得尊重别人。"

"秃顶男人又掏出两百元钱,拿走车钥匙后,就匆匆地走了,像躲瘟神似的。"那代驾呵呵笑了。

"那你真的是纪委特聘的监察员吗?"明人问道。

"呵呵,我当然不是了,可人人都可以监督党风政风呀!是不是? 哦,还有,我除了扣除自己的正常收入,那三百元钱我全部交给了公司,权当爱心捐款了!"代驾这回笑得更欢了。

明人感觉到了他身上的一股正气,很让人踏实,也很温馨。

三

这位代驾很会侃,说的是洋泾浜的沪语,但挺顺溜,挺幽默,也挺耐人寻味。

代驾见到明人,就说:"老板,我们素昧平生,有缘为您打工,请您多关照,多提醒,也祝您多快乐!"

明人说:"哟,你挺会说,舌头涂蜜了?"

"哪里哪里,这人生邂逅是不容易的,虽然我们相处也许只有个把小时,但要信任,要高兴,对吧?"

"说的是呀! 那你怎么让我高兴呢?"明人故意逗他。

"那您是想听音乐呢,还是想听我讲故事?"

"你会讲故事? 那就讲故事吧。"明人说。

"好的,您想听历史版的还是现实版的?"他瞥了明人一眼,明人笑说:"现实版吧。"

"哈哈,其实过去的现实,都是历史。只是愈接近今天的历史,愈对今天有价值。您真聪明。"他又说。

"你过奖了。"明人说。

"我说一个昨天发生的故事吧!"代驾转而说道。

"昨天的?"明人问道。

"是昨天的,还是发生在这辆车上的。"代驾说得很认真。

"这辆车上的? 这是我的车呀。"明人差点跳将起来。

"没错,您听着就是。"代驾仍平静地说道,不急不缓。

"你,你说。"明人糊涂了。

"昨天晚上暴雨如注。在成都路高架上,所有的车辆如蜗牛在爬行。忽然有两辆车碰撞了一下。车上的人竟然互相破口大骂起来,道路因此被堵住了,"代驾停了停,继续说道:"这时,近旁的一辆车上,司机要下车去劝阻。车后坐着的人拽住了他,司机却坚持要下,面色很从容。"

代驾又瞥了明人一眼,明人睁大了眼睛。

代驾笑了笑,继续说道:"那位司机下了车,冒雨走到那两辆车前,晓之以理也不乏真心地劝说着他们,还从自己的兜里掏出名片给他们。车子本身就是轻微碰擦,肉眼也看不见,这位兄弟如此真诚相劝,对方终于偃旗息鼓,他们各自启动了自己的车辆。"

"车辆又可以缓慢行进了,那位兄弟浑身湿透,钻进了车子,把这座位都浸湿了,到现在还有一点湿乎乎的。"

这下，明人惊讶了："你，你是怎么知道这些的？"

"哈哈，我没说错吧，您真是令人敬佩呀！"代驾的语气中满是敬意。

明人还是追问道："你究竟是怎么知道的呢？"

"说来您可能不信，我代驾的车，当时就堵在您边上的车道，所以我看得一清二楚。"

"这么巧！"明人叹道。

"是巧，也是缘啊。我刚一上车，看到您再坐到这驾驶位子上，我就猛然想起了昨天的那一幕。您让我今后讲述的故事更精彩了！"

"你确实会侃。"明人赞道。

"就只容许开出租的'的哥'会侃吗？我要让人家知道，我们的代驾更能侃！"代驾说得很自信。

明人甚为感动，他递了一张名片给代驾，说："以后，我会常常呼你的！"

秋　夜

明人在小区里快走健身，穿越喷泉边上的小竹林时，听到了那个女孩的嘤嘤哭声。他停住了脚步，朦胧的灯光下，他看见女孩捧着脸，坐在石凳上，独自一人，哭得很伤心。他迟疑了一会儿，走开了。出了竹林，碰到了巡逻的保安，说了这件事。那保安说，这个女孩是在一户人家做保姆的，和我们的一个物业维修工谈恋爱,维修工跳槽了,也把她蹬了。

原来是失恋了,难怪如此伤心。此时,应该有个过来人去劝劝她的。外来妹在大都市生活,也是不易的。正边走边想时,就见一位老太太颤颤巍巍地蹒跚而来,手足明显不协调,一位白发老头扶着她的臂膀。明人在小区里时常看见这位老太。也都是这白发苍苍的老头搀扶着她,在小区缓慢行走。

他们缓慢地走到了竹林边,竹林里路径狭窄,路面凹凸,此时夜色又是黑漆漆的,不便行走。他们往竹林里张望着,表现得颇为焦虑。

明人赶紧走了过去:"老人家,你们要帮忙吗?"

"噢,噢,我们在找我家的保姆,说是在这里面,你能帮我们找找吗?"老头说了一句。

"谢谢,谢谢您哦。"老太太则吃力而十分恳切地表达谢意。

"没关系,我去劝她出来。"明人走进竹林,走近女孩,尽量轻声委婉地对她说道:"你别哭了,老伯伯、老妈妈都在找你了,他们很焦急。"

女孩好半天才止住哭泣,往林子外瞥了一眼,用手背抹去满脸的泪水,却犹豫着,不动身子。

明人又一再劝道:"再怎么样也别让老人们着急,这秋夜天已变凉,老人们也不可室外久待。"如此这般地劝说着,女孩抽泣着,还是一动未动。

明人有点急了。刚想再说几句重话,就听见窸窸窣窣的声音传来。再转身,只见一对老人已一步步挪近了他们。他连忙先上前,去搀扶老太太。隔着外套,明人感觉到老太太瘦骨嶙峋的,身子正微微颤抖。

女孩又开始哽咽起来,声音里充满悲伤甚至绝望,老人站在她身边,爱怜地看着她。老太太的手轻轻搭在她的肩膀。

秋风凉冷,穿着单衣的明人禁不住打了一个寒颤。他担心地望着这一对老人。女孩还在哭泣着。他们已站立了好久。

这时,女孩的哭声稍微收敛了一些。老太太叹了一口气,同时也带着慈爱的神情地说了一句:"孩子,没什么的,再大的事,都会过去的,一切都会好起来的。你自己要疼惜自己。"

女孩哽咽着,泪水在脸上流淌。

老伯也说了一句:"走吧,孩子,我们会好好待你的。"

"走吧,孩子。我们回家。"老太太说道。

"可,可是,奶奶我对不住你呀!"女孩用手掌抽打着自己的脸,神情不无后悔。

"我知道,我知道,这算不上什么的,我相信你,你会懂事的,会好好做人的。"老太太一字一句地说着,说得很吃力,但很用心,也很动情。

渐渐的,女孩不哭了,慢慢站起身来,依偎在了老太太的怀里。

他们三人搀扶着,相拥着,慢慢走出了小竹林,踏上了小区平整的道路。

之后,明人才知道,老太太是位学校的老师,她几年内已两次癌症,一次中风,但每次都挺过来了,坚强地活着。而那女孩曾在做修理工的男友的煽动下,把老太太给她的买菜钱克扣了一半,用在他们自己的吃喝玩乐上。女孩以为老头、老太都没发觉,但男友的绝情分手和老人们对她的真心关爱,让她本已愧疚压抑的心,终于尽情得到了释放与解脱。

阿强的醉事

　　阿强在校任教,平素温文尔雅,一派君子风范。但他好酒,也容易醉酒,当然这只囿于亲朋好友小圈子的一个秘密。

　　这天周末,几位老同学聚餐,阿强起先从容应付,把握有度,浅酌慢饮,不敬人,少敬人,敬也只抿上一口,面不改色,神态自若,表现得极有分寸。可这表现也惹恼了几位老同学,这也太不够哥们了吧,当这在学校食堂啊? 这么拿捏! 于是有人开始满杯敬酒,阿强抵不过,也开始一杯一杯地牛饮。几杯下肚,他也来劲了,化被动为主动,频频发起进攻,一圈又一圈,最后还和明人来了一个"拎壶冲",气氛甚是热烈。

　　席散时,阿强舌头有点大了,眼神也显得有点愣愣怔怔的。明人再三嘱咐司机送他安全到家,司机是个小伙子,是临时找来的,他点头称是。

　　明人自行回了家,洗了澡,上床入睡了,手机的音乐声骤然响起了。明人朦朦胧胧地启开手机,传来的是小伙子的声音,说是阿强醉酒睡着了,怎么叫也不醒,不知他住哪个小区,哪幢楼。明人也记不得阿强的具体住址,也一筹莫展,就让司机耐心地等一等,看他待会儿是否会醒。看看时钟,此刻都已子夜了,他向小伙子打了招呼,代阿强谢了谢他就去睡了。

　　一夜无事。再一次遇见阿强,他的脸色略显愀然。及待仔细询问,他才道出心声,说上次那位司机太不靠谱,他在车上睡着了,那小伙子竟揪他耳朵,挠他胳肢窝,还用冷水浇他脸,硬把他给拽醒了。明人问他,你都醉了,怎么会知道这些的,他说,我怎么会不知道呀,我被他已搞得半梦半醒之间了,他还在使用这些招数,像法西斯分子一样。我再不醒,他就该拔我头发了! 阿强气呼呼的,让明人和朋友们都觉得过意不去。

阿强还对发小明人说了一句:"你得待我要好点。""怎么啦?"明人心一沉。"那个司机太不像话了!"阿强说。明人于是连连向阿强致歉,斟满酒后,还自罚了一杯,直至阿强的笑颜重现,又恢复了喝酒像牛饮的那股劲头。

"各位,我在车上睡一会儿,就会醒的,不碍事的。来,我们再来一个'拎壶冲'。"喝得高兴了,阿强说了一句,又把聚餐推向了高潮。我们几位都是铁哥们儿,情意融于酒水,于是,这一杯"猫尿"(阿强话)就不在话下了。

阿强又到了舌大眼呆动作木偶般的状态了。这回是另一位朋友阿平的司机送的阿强。阿平喝醉了,他把阿强送上车,自己先憋不住,呕吐了一地。

第二天,阿强就打来了电话,说朋友阿平不够意思,他的司机更是混蛋。明人惊问是怎么一回事。阿强说,昨晚司机把他送到小区门口,推不醒他,也不耐心地等一等,就把他撇在了小区门口,自己驾车扬长而去了! 他在凛冽寒风中醒来,其狼狈样,不堪入目,连小区保安都悄悄嘀咕,说他斯文扫地! 阿强毕竟是为人师表的呀。

朋友阿平获悉此事,自然狠狠责备了司机。司机强调说,是他自己说的,过一会儿就会醒的,让他室外坐一会儿,也醒得快点。朋友阿平斥责了司机,最后还罚了他半个月的工资。阿强心里才稍稍消了气。

很快到了春节。大年初一,几位好友又聚在一起儿了,因为是假日,第二天不上班,大家又喝得很嗨。阿强也似乎忘记了酒后的种种不快,喝得放开,也喝得尽兴。

这回是司机送他,明人陪同。快到小区门口了,阿强还在酣睡着,呼噜声轰然不断,千呼万唤也叫不醒他。不知他具体住哪个小区,哪个门洞,车上也折腾了半小时之多,也不见他有清醒的迹象。司机有点不耐烦了,人家明天一早还要出车走亲戚。明人一想,就让司机掉头,让阿强随自己一起回家。

明人把烂醉如泥又身沉如牛的阿强搀扶回家了,特意把客厅的空调都打开了,扶他在沙发上躺下,以让屋子温暖起来,还给他煮了开水,冲了一杯温度适中的蜂蜜水,再把自己的被子盖在他身上了。忙完这些,明人才半躺在床上,他还得看护好阿强,怕他会有什么异样。阿强一动不动地躺在那儿。

阿强并不如他所说的,瞌睡一会儿就醒来了。是快到凌晨,他翻了个身,坐起了身子。明人连忙走过去,明白他有便意,便扶着他上了卫生间。

回到客厅,阿强仍半醉半醒的状态,看了看长沙发,只问了一句:"我,就睡这儿?"明人说,是呀,阿强翻了翻白眼,又愣怔了一会:"我要走了,回去。"他走得很坚决,明人想挽留他,还提醒他醉意未消,路上不要出事,还是留一宿再回吧。他还是开了门,走了。最后扔下一句话:"你不用送我到这儿的。"

难道是让他躺沙发,怠慢了他?明人掠过一丝不安。

不过半小时,手机又响了,是阿强打来的:"明人你真是我兄弟!送我到你家休息,真的好兄弟,谢谢!"说得很诚恳,也很绅士,明人知道,他的酒意应该已去了大半。

说与不说的故事

一

表叔从乡下来。

明人打开房门时，一脸尘土的表叔在门口犹豫了一会，上过蜡的地板是洁净闪亮的。他索性把脚上的鞋子脱了，穿着袜子踩在地板上。脚上带着潮气，在地板上留下了一个又一个浅浅而湿润的足迹。明人没有说什么，他本来也无洁癖，相当随意的一个人，何况是面对远道而来的表叔。

表叔进门后就去了卫生间，他用自来水抹了一把脸，随手从毛巾架的最下端扯了一块毛巾，就在脸上擦抹起来。明人心里悸动了一下，表叔拿的竟是他的洗脚布，在眼睛鼻子嘴巴那儿，竟擦得仔仔细细。明人想立马对着表叔指出，但看他已迅速地擦干了脸，脸上还微微散发出一种快意，他于是将目光避开了，若无其事地忙其他事去了。

以后他每每想起这一幕，心里总是怀着一丝内疚。但他也明白，如果当时给表叔讲清了，或许会让表叔更加难受和尴尬。也许不说，是最好的选择。

二

当老师把那碗碧绿的清水，仰脖喝了个大半时，明人想制止已来不及了。刚才那几盅白酒,确实让不善饮酒的老师口干舌燥了。

老师,是中学时的老师。人本分敦厚,也有几分迂腐。明人请他吃饭,他好高兴,早早地就来了。明人点了满满一桌菜,他不住地说道,这使不得,这使不得,破费,破费,太破费。

几盅酒下肚,老师消瘦苍白的脸很快就泛红了。当他上了个卫生间回来,看到新上桌的大盘的水煮虾和那一碗浮着一片柠檬的清水时,没容明人说话,就端起那碗清水,咕嘟咕嘟地喝开了。他是太渴了。如果让他知道这水是用来洗手的,而且明人在捉拿清水虾时,已在清水里净了净手,他会怎样地尴尬!

此时此刻,明人只能选择了不说,说了也白说,何况还伤人。这似乎并没错。

三

明人和大块头赵在这个城市转悠了半天,询问了好多个路人,才终于在傍晚时分找到老同学祝的住处。他们仨是当年学校关系最好的兄弟,毕业后还时常见面,一起唱歌聊天。这几年,大块头赵公派去援外了,好久都没碰面。这回,大块头赵一回来,就拽着明人找祝,要叙旧海侃。

一推门,就酒香扑鼻,桌上满满当当的菜肴,有的还冒着热气。来得早真不如来得巧呀!谁都知道祝有烹饪好手艺,今天真是难得了。祝与儿子各坐四方桌的一边,还有一边,搁着碗筷和一只高脚杯,里面盛着半杯诱人的红酒,座位上却空无一人。大块头赵与祝随便惯了,握手拍肩,喝一阵后,便一屁股坐在了那空座上,端起酒杯一口喝尽了。还拿起筷子搛了一块红烧肉,塞进了嘴里,肉油在唇齿间嗞嗞溢流。

明人这时见祝与他的儿子都现出异常的神情，再看了一眼屋子，发觉桌子正对面的五斗橱上，端正地置放了一张带黑布的照片，是祝的太太。他的心被揪紧了。

不用置疑，祝与儿子正在祭奠他的亡妻。

祝却什么也没说，又赶紧让儿子张罗了一副碗筷，让明人也坐下了。他对老同学的不请自来，显然很高兴，连着与明人和大块头赵喝了三杯。酒过三巡之后，明人小心翼翼地探询，祝才把妻子因车祸不幸罹难，今天是她四十岁的阴寿，自己为她亲自下厨，精心烹饪了一桌子好菜的事和盘托出。

明人和大块头赵都怔住了。起先是惊于这一噩耗，后来是大块头赵拿着自己的筷子和酒杯，瞪视了好久，最后喃喃地自语道：嫂子，兄弟多有冒犯，多有冒犯了……

阿峰的笑声

老同学都陆陆续续地到了，阿峰的笑声还没有像往常一样出现，自然，身影也迟迟不见。这就奇怪了，每次同学聚会，他都准时到达，人未进门，他的特别的笑声就会滚珠一般朗朗地响起，随后，那瘦小的身影出现。不过，握手寒暄，谈笑风生，风度翩翩，"峰笑"阵阵。"峰笑"，是明人对他的笑声的一种命名，得到了同学们的一致认可。今天，他怎么啦？

"我听说他这些日子炒股，输得很惨，不会是闷闷不乐，不来聚会了吧？"印斌与他住得近，他的一番话引起了大家的担忧。

阿峰当年高考落榜,进了一家单位,单位本来就不景气,这次炒股失败,对于他的打击是雪上加霜的呀。"赶紧问问他,还来不来了? 不管怎么样,都要劝劝他,想开一点。"同学张情真意切地说道。立即,明人就拨打了电话,通了,阿峰却没接。这下大家的心更悬在喉咙口了。印斌赶紧发了一则短信:"阿峰,你在路上吗? 我们在等你。任何事要想开,我们老同学都等着拥抱你!"短信写出了大家的心声,但也迟迟不见回复。大家见面时的热乎劲儿,明显地降温了许多。

当年的高考是场不见硝烟的战争,竞争激烈残酷,七九届又是出生高峰的一拨人,30 比 1,高考录取率奇低。高考前,大家的心弦绷得紧紧的。明人记得当时连课余十分钟都会抓紧背几个英文单词,连上厕所都一路小跑,匆匆忙忙的。至于课余的娱乐活动,几乎都主动取消了。教室里笼罩着一种紧张、压抑的气氛。不过,这气氛中,有一个笑声特别地令人荡气回肠。那就是阿峰的笑声。阿峰的笑,是透亮透亮的,像太阳从云雾或黑暗中忽然奔腾而出,毫无阻挡。这种笑声,又让明人感觉像滚珠的声响,朗朗的,势如破竹。谁都会不由自主地被这笑声所感染。阿峰的成绩,在班上是中游偏下,因为体检查出色盲,不少专业又不能报考。可他好像没有任何负担,每天依然"峰笑"不断,从容不迫,读书备考不见放松,也不似其他同学高度紧张,以至于失眠连连。

高考之后,阿峰虽然落榜了,之后工作也不佳,可是在同学之中,仍是一脸"峰笑",笑声朗朗。在比他当年考得好,现在似乎也更有出息的同学面前,他也表现得自然淡定,谈笑自如。这么多年来,大家在职场拼搏,很多同学已面显疲惫老相。女同学虽然花容月貌一般,衣衫也是时尚光鲜,可是凑近一看,皱纹微漾,憔态初显。只有这个阿峰,肌肤光洁,精神充沛,一开口,就带笑。

一笑开,就"峰笑"朗朗。这回,也许阿峰真扛不住了吧?

正当大家不无忧虑之时,走廊里突然传来了一阵笑声,是"峰笑"无疑,朗朗的,像滚珠掉地。随即,阿峰那并不高大的身躯进入了屋子,在他脸上丝毫看不出任何忧愁、烦恼。眉心舒展着,"峰笑"在他脸上漾动,在他的喉结跳动。

"你这家伙,怎么迟到了,大家都在为你担心呢!"印斌先拍了他的肩膀。"是啊,这炒股输赢谁也说不定,这次崩盘,栽的人多了去了,你别放在心上。如果需要钱,我们可以帮你。"同学张迫不及待地安慰道。"你们担心什么呀!我虽然就只有这点钱,可是输也就这点钱!贫穷或富贵,在我早就看淡了,快快乐乐地生活,才是最要紧的。"阿峰笑着说道。一笑,那声音就立即把大伙儿都感染了。这阿峰,这淡定从容,这快乐的笑声,还有驻颜有术,原来都源于这早已养成的良好心态呀!如此看来,他比班上每个人都要早成熟,早成功呀!

明人说道:"听见你的'峰笑',就是一次心灵洗涤!"阿峰不好意思了:"我哪有这么伟大,我就是寻常百姓。"说着,他笑了,笑声朗朗,像阳光撒进了大家的心田……

瘸腿上官

进了这机关大院,这瘸着腿的瘦老头就老在眼前晃荡。起先是在房间,明人进去时,老头还盘问了几句,问他找谁,让他登记拿条。后来他在刘处长那儿小坐时,还看到他送来开水,顺便带走了墙角的那一篓废弃物。刘处长陪明人在机关小花园溜达时，还看到这老头一瘸一拐地拾掇苗圃。

虽然一瘸一拐的，可老头还是显得挺利索，走路还带着点小风，独来独往，工种交替，角色多变，忙得不亦乐乎。

不过，这瘸腿老头的形象稍有些猥琐了，与这机关似乎不太匹配。刘处长是老朋友了，明人脱口而出："你们是不是为了不多出钱？要不就是谁家的亲戚，被硬塞进来的？"

刘处长微微一笑："你反正在这里采访，还要待几天，你可以好好观察。"

这几天，明人就在这机关里待着了。他有刘处长这张名片，各科室对他都热情接待。他一连采访了六七名机关干部。这个机关的干部都很年轻，明人也正是为采写年轻的机关干部这一主题而来的。

采访间，这瘸腿老头还不时在明人面前出现。那些学历颇高、踌躇满志的年轻干部们都叫他老瘸。有时是空调忽然罢工了，于是就叫老瘸来修理；有时是热水瓶见底了，小年轻大声召唤老瘸来换瓶。还有一回，是明人的水笔写不出了，某科长连忙拨了电话，让人送来。不一会儿，就见老瘸歪歪扭扭地过来了，把一摞水笔放在了明人的面前。

明人问刘处长："这老瘸一人干几人的活儿，你们给他多少工资呀？"

刘处长说："真不多，就一千五。"

"这拿着一千五收入的老瘸，不要让这年轻充满活力的机关大煞风景，就可以了。"有一位年轻的科长对明人说道。

这天，明人还在采访，就听门外一阵喧闹，有年轻的女科员在尖叫："着火了！着火了！"

全民微阅读系列

明人飞奔出门,看见走廊西端腾起一片火焰,他大声说:"不好!"连忙去找灭火器。迎面撞上了刘处长和两位年轻的机关干部,他们也都急急忙忙的,还有些慌不择路。奇怪的是,他们个个手提着灭火器,却不打开,还几乎异口同声地喊叫着:"上官是谁? 上官人呢!"

蓦地,就看见一个瘸腿老头扑了过来,他举起一个灭火器,迅捷地启开插销,就向火焰冲去。

明人也连忙跟上,打开了灭火器。刘处长和几位机关干部好半天才拨弄开灭火器,并加入进来。

火很快就被扑灭了。

明人依然记得刚才的一幕:刘处长他们提着灭火器,打不开,都只找什么上官。"上官是谁?"他问刘处长。

刘处长指了指灭火器上挂着的一个小木牌,上面写着:管理人上官。刘处长说,这是干粉灭火器,大家平常都忙,不会用呀。

上官是谁? 刘处长又喊了一声。

这时,边上站着的老瘸,摇摇晃晃地走近,不卑不亢地说道:"上官是我!"

刘处长哑言了。

在场的人都哑言了。

他们只知道,他叫老瘸。

老瘸此时站得很直,形象也高大了许多。

乡下人

老皮在家宴请明人等几位朋友。都是老同学，大家就去了。老皮住的还是很多年前的老楼房，五层楼的，没有电梯，一梯三户，有些陈旧了。

明人敲门时，隔壁正好敞开着门，一个半大不小的孩子往走廊扔了块香蕉皮，松松软软的，没扔准，扔到垃圾篓外面了。只听见一个安徽口音的妇人责怪道："你咋这样扔垃圾，快去拣好，别让人家嫌我们是乡下人！"

那孩子还挺乖，朝明人做了个鬼脸，弯腰将香蕉皮拣起，扔进了垃圾篓。

老皮开了门，明人见门口堆着好几双鞋，门外还竖了一个鞋柜。明人就准备脱鞋，老皮说，不用了。但明人还是坚持脱了，老皮赶紧找了一双拖鞋给他，明人的鞋就放在门外了。

屋里还真挺干净。老皮的老婆忙着沏茶，然后又不时送来碗筷，接着好多菜也上桌了。

几个老同学都到了，大家就坐到桌前，一阵寒暄，算是正式开唱了。

正吃着，唱着，就听见门外一片吵嚷声。老皮的老婆从猫眼朝外瞅了瞅，说，没事，是隔壁乡下人。

老皮接着解释道，他们这层楼，除了他家外，另外两套房都出租了，都是外乡人用着。老皮的老婆也附和道，是啊，总感觉不清不爽的。老皮的老婆是在苏北人,在上海读大学毕业后,留下来了。上海话讲得不太准,有点怪怪的,大家憋不住都想笑。

"伊拉乡下人,也不知道是从哪地方来的。"老皮的老婆又插了一句。

"一家是从安徽来的,一家是从浙江来的,都是乡下来的。"老皮跟着说道。

又喝了几巡,老皮家的门铃响了。老皮的老婆去开门,随后端进来一碗冒着热气、散发着香味的大馄饨。老皮的老婆说,隔壁浙江人说,是他们家自己包的馄饨,让我们尝尝。我也不好意思回绝,大家都尝尝吧。

这馄饨是芹菜肉馅的,咸淡适中,味道不错。大家纷纷将其送进嘴里,也都啧啧称好。然后借着酒劲,又叫又唱的,闹得挺欢,不知不觉,已近半夜了。

还是明人保持了一点清醒,提醒大家声音稍低一些,别影响了隔壁人家休息,这房子是小梁薄板的。

老皮说,没事。老皮的老婆也大着舌头说,没事,他们乡下人对我们还蛮尊重、蛮客气的。

于是大家又是一番喧闹,明人感觉这房子都快撑不住了。大家还在一个劲地闹,还吼着《红高粱》里的酿酒歌,几乎声嘶力竭了。

离开时,明人发现,楼道静悄悄的——那家安徽人家的门口,放着一个垃圾篓,老皮不慎将它绊倒了。老皮直骂乡下人,就喜欢把这个放在过道上,真是扫帚星!

整个过道内,其实老皮家门口的东西堆得最多了,一只半人高的鞋柜,几把雨伞,还有一地拖鞋。人家两户"乡下人"就只放置了一把扫帚和垃圾篓,收拾得也还挺干净的。

下楼时,老皮和他老婆还在用上海话说着"乡下人,乡下人"。话语中满带着某种歧视。

在楼下和老皮他们握手告别时,明人终于是憋不住了,说,其实我们都是"乡下人",哪怕自己出生在大城市,但父母亲都是从乡下来的。明人还对老皮的老婆说,你本身也是乡下人呀!

大家骤然一惊,又都听见明人说了一句:"我们为乡下人祝福了! 晚安,再见!"

大家也跟着欢叫起来:"为乡下人祝福了,再见,晚安!"

脸面与良心

鲍君脸上捂着大厚口罩,双手还严实地遮着脸,仿佛脸面见一丝阳光就会灼痛,甚至烙伤了似的。

明人说:"你怎么啦,这是在我办公室,没有雾霾,也没人抽烟呀。"

鲍君的嗓音透过层层布纱嗡嗡地传出:"我,我没脸见人了。"

"怎么回事呀,又是什么时候发生的,你说来听听。"明人与鲍君关系好得赛过亲兄弟了,这半年多不见,他就变成这样了,明人不由得关心细问。他伸手想摘下他的口罩,鲍君的身子往后躲了一下。

"我,我真是没脸见人了。"鲍君还是沮丧的声音。

"你不是长得挺酷的吗? 有什么不能见人的,长麻子了?"明人是真心想帮他。

从鲍君的嗓子眼里又发出一声沉闷而又暗哑的唉叹，然后，他开始缓慢而又艰难地述说。

他说，他几个月前赶去参加一个会议，他把时间卡得太紧了，路又特堵，快到点了，离会议地点还差几个路口，他急了，让司机无论如何赶快点。司机看看他，明白了，一踩油门，左冲右突，又闯了两个红灯，逼近了会议地点。正庆幸得意之际，一个交警骑着摩托车，停在了他的小车前面。司机尴尬地解释着，他则躲在小车内一动不动，一句不敢吱声。司机被重重地受了罚。回头看他的眼神，让他脸面都没处搁了。

第二次是在自己居住的小区，他上班，车刚驶出小区，就见横向马路穿过一辆黑色奥迪车，因为速度太快，把一只小狗撞着了。那只小狗瘫软在地上，奥迪车飞速地逃逸了，他先看清了车牌号，也没下车阻拦，车驶出几步，就听见了迅速赶来的小狗主人的尖叫声。小狗主人是他们小区的，他本可以帮助她的。但他单位还有好多事要办，他怕耽搁，挥挥手，让司机迅速驶离。之后不久，他感到脸面一阵阵地热烫。

最严重的还是前不久，公司讨论一个重要项目，支持和反对者旗鼓相当，也都不甘示弱。老总让他表态，他原本也是反对这个项目的，从投入产出角度来看，确实并不划算。可他知道老总虽未表态，但这是他执意要上的项目。在众目睽睽之下，他犹豫了一会儿，最终还是吐出了违心的话语："我同意上这项目。"许多知道他想法的目光都充满惊讶，聚光灯一般刺向了他。他顿时觉得脸火烧火燎的，小坐一会儿，假装身体不适，便先告退了。躲在办公室里，好久，好久，乃至早过了下班时间，他才匆匆忙忙地离开了。

从此，他就觉得无脸见人，借雾霾天，戴上了大口罩，他甚至觉得自己真的已无脸了。与好朋友明人吐出了这些，他又重重地叹了口气。

明人明白了，他知道这鲍君兄弟人本善良，平常脸皮也薄，也清楚自己多说无益，完全不说也不行，便对鲍君只说了一句："脸面与良心是连在一起的，你是有良心的人，刚才一说，更是良心的发现。"他握了握鲍君的手，摇了摇，他感觉到鲍君的真实及其力量。

没几天，明人又见到了鲍君，这回他昂着头，扬着脸，脸上无一丝遮挡，帅气的脸透着阳光般的爽性，真是一番年轻的模样呀！

明人听说了，这几天鲍君向司机专门道了歉；与小狗的主人做了沟通，帮助向黑色奥迪车的车主做了索赔，还书面呈上报告，向老总表达了自己的真实意见……

也许只见一面

明人在微博上即兴写了一首诗《也许只见一面》，有作曲者主动谱曲，并发来小样，请明人审定。是女声版的，旋律还算优美，也与他写的词比较吻合，他便回复认可了。作曲是二度创作，他向来比较宽容。

这歌在圈内还渐渐流传开来，都说蛮好听，蛮有意思的。有一位素不相识的男歌手私信明人，很想演绎这首歌，他还想带着这首歌，参加全国校园歌手大赛。明人略一思忖，与作曲者沟通了几句,也爽快允诺了。

明人忙于本职工作,有段时间把这一事给淡忘了。后来,听说这男歌手竟凭借这首歌,在大赛中得了一个奖。明人为这首歌高兴,也为男歌手高兴。作曲者来电了,也听说了此事,可这歌手也不报个讯息,似乎有些不礼貌了。工作一忙碌,明人渐渐也把这件事抛诸脑后了。

有一个周末,一拨外地朋友来沪一聚,《也许只见一面》的作曲者,那个初次见面的小老头来了,还有几个陌生的朋友。都是文学音乐迷,就把聚会活动搞成了一场朗诵演唱会。

气氛正酣时,一位毛头小伙子敲门而入,是在座其中一位的好友。他向大家致歉来晚了,刚赶了一个演出场子过来的,他自报家门是年轻的歌手,还唱过明人的歌《也许只见一面》。哦,就是这个小伙子,明人微笑地向他点了点头,还向他介绍了作曲者。他们也是初次相见。

既然是歌手,又是姗姗来迟,那就得以歌代罚了。

小伙子的好友提了建议,大家也声声叫好,小伙子喘息未定,便站在客厅中央,清清嗓子,准备开唱。"唱什么呢?"他忽然发问。有人笑说,随便唱什么吧,只要你拿手的。他顿了顿,抬眼看了明人一眼,说:"我就唱老师的《也许只见一面》吧。"大家又一阵喝彩,明人也频频颔首,他还未听过小伙子唱这首歌。

"目光与目光对接,也许只是一个瞬间……就算是此生只见一面,我给你我的春风我的笑脸……"

小伙子嗓音醇厚,吐字也很清晰,他身心投入的表演,令在座的人都聚精会神。明人作为作词者自然更为在意,听着,听着,明人觉得不太对劲了。这首歌本是写路人之间的偶遇,虽只见一面,但美好的善意的情感,都留于心间,这寄托着明人对现实由衷的期盼,而非男女之意。但这小伙子演绎成一首爱情歌曲了,虽然深情缠绵,但把这歌词唱歪了,把这歌的本意曲解了。明人心里顿时别扭许多。他瞥了瞥那个作曲的小老头,他也微皱着眉,眼神里流露出一丝遗憾。也许,还有一丝对小伙子的不满。

小伙子唱毕,四周掌声响起,明人还未说话,那位小老头就站起身来,言辞不无严厉:"你完全唱错了!这不像我的曲,也更不像明人的词!小伙子,你心里只揣着你自己,只揣着爱情吧!"

场面一下子紧张起来,小伙子也尴尬地站立在那儿,不知所措。

大家的目光都渐渐集中于明人的脸上。

明人深知现在太多这样年轻的歌手,他们未谙世事,也不知真正的艺术,只是跟着感觉走。

他淡淡地说了一句:"小伙子嗓音不错,但艺术,要静得下心,好好磨砺!"说完,微笑着看了一下小伙子、小老头,还有大家。

气氛缓和了,又一位朋友自告奋勇登台亮唱了,是毫无争议的俄罗斯歌曲《莫斯科郊外的晚上》,把大家血管里的血都唱沸腾了!

临走时,明人微笑着向小伙子告别。小伙子握着明人的手,说:"老师,我知道自己做得很不好,但您怎么还这样宽容我?"

明人笑着点了点他的脑门:"回去再好好悟悟那首歌吧。"

"目光与目光对接,也许只是一个瞬间……请留下你的柔情你的怀念……"

儿子与名人

儿子年少，不太愿意参加明人与外人的聚餐活动。甚至是如雷贯耳的名人，儿子也不稀罕。

譬如那次某航天英雄正巧在本地。因为一位领导与英雄的一位上司熟识，所以决定小范围聚聚。邀请了明人，还特地叮嘱明人可把儿子带来。航天英雄是多少人仰慕的呀。何况那些正充满幻想的孩子们，能够如此近距离地亲近英雄，也是令人欣羡的美事儿呀！正好又是周末，明人也觉得机会实在难得。

找到儿子，儿子正玩着游戏机。明人问，知不知道这个名人。儿子憨憨地却也很干脆地回答："知道呀，是中国航天英雄！""那想不想见他？"明人趁热打铁。儿子不解，一边玩着游戏机，一边瞥了明人一眼："什么意思呀。"明人便把当晚的这一活动告知了儿子。没想到儿子听完，又憨憨而又干脆地回道："不去！没什么意思。""傻瓜蛋，这是多好的机会呀！人家英雄刚从天上下来不久，要见他也是很不容易的。"明人有点急了。

"真不去。又要吃饭，有什么意思呀。"儿子话不多，就这么两句，但明人知道儿子的态度了。儿子其实是宁愿在家简单吃点，可以省下时间多玩游戏。

明人于是有点失望了，其他什么活动他不想拽着儿子参加，孩子还小，不谙世事，有些事也勉强不了他，让他比较顺心顺意地成长，也是给予他更多的快乐。可这见航天英雄是太难得的机会了，让儿子与航天英雄接触，也是对儿子很好的教育与促进呀。可儿子正处于逆反期，他也不想太为难儿子。那天晚上，他独自参加活动，看到同事的孩子与英雄亲密接触，又合影，又提问，英雄也大大方方，亲切和蔼地与孩子相处与交流。明人心里深感遗憾。为儿子错失了这分机缘与光荣的时刻！

之后，也有诸如此类的活动，各类名人时常光顾。明人总想让儿子参加，儿子都不乐意。其实，让儿子与名人有所接触，明人心里也是有谱的。这既是让儿子认识名人，学习名人，感知成功，激励自身，同时，也是让儿子打破神秘，解除迷信，认识自我，超越自我。但实践证明，这是明人的一厢情愿。儿子还小，还不领情。

有一天，儿子自己主动问明人了："爸，你认识那个＋＋网络的老板吧？""是呀，我还碰到过他呢。下个礼拜还要和他一块吃饭呢！""是吗？"儿子眼里露出一丝欣喜。"是呀！"他肯定地说道。"那太好了！"儿子竟咧嘴笑了。

"那他一定有很多游戏软件吧？"

"那当然。你想去就一起去吧。"明人随即附上一句。明人以为儿子开窍了。

"我不去，你就向他要点游戏软件吧。哦，要最新的呀！"
明人晕了……

真情"沪二代"

晓鹏进了门,就把车钥匙往茶几上一扔,气咻咻地诉说道:"上海都快成堵城了,地铁上都是外地上海人,高架上下尽是车,连这茶室门口都停满了车,刚停车时,还被那个外地上海人碰了一下,真是倒霉。"

"什么外地上海人,新上海人吧? 你人没事吧?"明人关切地问。

"人没事,车尾被剐蹭了一下,是刚开了半年的新车呢!"晓鹏说道,仰脖咕嘟灌了一杯水,气还没喘匀,继续埋怨道,"看那家伙就不是正宗上海人,说话都洋泾浜,向我不停赔着不是,车都撞了,赔不是有何用!"

这时,从茶室进门处又走进一个年轻男子,长得瘦削,但显得挺精神的,目光在四下里巡视,晓鹏瞥了一眼,对明人说:"就是这个家伙,还有脸进来!"他们两人目光相视。明人想,不会大吵大闹一场吧。明人再仔细看了一眼,一愣,这人不是自己的老同学吴刚吗? 吴刚此时也发现了明人,两人目光对接,未免都"溅"出几许惊喜的光亮来。与此同时,吴刚又瞥了一眼明人边上的晓鹏,神情变得不好意思起来。

吴刚走了过来,明人迎了上去,和他握手、拍肩,说:"老同学,你怎么来这儿了? 我们好久不见啦!"

吴刚说:"我来上海工作了,就一个打工仔,来半年了。"

"我早听说了,联系你也没联系上,说你没空见老同学。是这么回事吗?"明人直言不讳。

"也没什么,我全家随我来上海,我一介书生,事情繁多,也不想打扰老同学。"吴刚坦言相告。

"你还是这个臭脾气,凡事不求人,很有自力更生精神呀!不过,今天,你怎么会来这儿的?"明人疑惑地看着当年大学的老同学。

"哦,我到这附近的商场买点东西,不小心撞了这位先生的车子,我要赔钱给他,他不要,我想想不妥,便尾随着上来了。"吴刚面带歉意,言辞恳切。

晓鹏开口了:"你们,是老同学,这还真凑巧了。"

明人说:"是呀,原来他就是你说的外地人呀,你可别小看我这吴刚同学,在班里可是品学兼优的好学生,还是学习委员,很聪明也刻苦的。"

晓鹏嘟囔了一声:"哪会小看你明人的同学,我之前也不知道他是你同学,我也没说啥呀。"

明人笑道:"是呀,没说啥,你们也算是不碰不相识呀,有缘千里来相会啊! 呵呵!"

吴刚说:"我还是要再向你这位朋友致歉,我车技不好,刚学开的车,不小心碰了你的车,真对不住了。"

"没什么,你刚才已道过歉了,小事,纯属小事。"晓鹏挥挥手臂,一脸毫不在意的样子。刚才那副气得哼唧哼唧的模样此时已不见踪迹了。

"不过,这位兄弟,撞了你车,钱,我还是要赔的。"吴刚从上衣口袋里掏出一叠纸币来：“我这里带着一千元钱，是单位刚发的房贴，先给您，不够，我另外再给您，好不好？”

“你每月房贴就一千元？这怎么住呀？”明人发问。

“不碍事的，我就在奉贤乡下租了农民房，就是上班路远，幸好单位给了我们部门一辆 POLO 车，还可以凑合。”吴刚微笑着，不无乐观。

“那我怎么能要你钱呢！这点剐蹭，小意思！”晓鹏撇了撇嘴，表现得很大度。

明人让两人都坐下了，沏茶、倒茶、品茶，明人说：“车的事就不谈了，我做个裁决，钱就不要赔了，都是我的好同学、好朋友，我建议吴刚同学以茶代酒，向晓鹏兄再敬上一杯。”

吴刚连忙站起，双手擎杯，毕恭毕敬地对着晓鹏说道：“那请兄弟接受我一敬。”说完，就见他躬下身，行敬酒礼。晓鹏像被火烙了似的，蹦跶起来：“这不行，这不行，还是我们互敬为好！”

“再怎么说，你们都是上海人，我是一个外地人，到上海落户打拼，初来乍到的，还得拜你们码头呀！”吴刚用的是江湖老话，说的倒是实情。

晓鹏这回倒不谦虚了：“这话可以说，我们毕竟是老上海人，这点辈分比你高，有什么事你尽管找我们，找明哥，也找我哦。”说完，他朝明人眨了眨眼，有点傲娇地朝吴刚笑了笑。

“那当然，那当然，你们是老上海，老土地，吴刚还望你们多多关照。”

明人笑着摇了摇头：“其实，吴刚的辈分比我们高，上海人有多少是老土地呀，我和晓鹏的父母都是解放前从外地来上海的，安家打拼，他们是沪一代，吴刚也是沪一代，新上海人，我们只能算是沪二代。所以，应该沪二代向沪一代敬酒，你们才是最艰难，最辛苦，为子孙造福的。"

明人说完，晓鹏立马站起："明哥说得对，我们要敬沪一代！"说完，他站直身子，向吴刚行个礼，便将满满一杯茶喝了下去。那神情和气氛，让吴刚不由得心生感动。

这时，茶室里轻柔的背景音乐转为一个男子的歌声："……人也挤，车也挤，熙来攘往一年有四季。店也多，物也多，价格昂贵想买买不起。路也细，楼也细，东西南北都往这边聚。机会多，喧闹多，节奏也快想懒懒不起，我工作得好辛苦，我生活得有惬意。我忙得陀螺转，我干得蛮充实，上海上海，我不说我爱你，你接纳了我，你就在我心里。上海上海，我不说我爱你，你包容了我，你就是我天地……"

明人凝神一听，这是自己前不久创作的歌曲，是写给新上海人心声的歌，哦！原来已开始传扬了。

生命的每一天

1

二十世纪六十年代末。

夜晚的路灯下，一群半大孩子站着"轧山湖"。

"读书苦而无用，混吧，熬吧……"他们装着大人腔感慨。

明人尚幼,虽仍懵懂,但心有蠢动,每天手不释卷。

2

二十世纪七十年代末。

校园的课余间,一帮同学牢骚满腹。

"高考也太折磨人了,混吧,熬吧……"他们不无疲乏,怨天尤人。

明人缄默,他在高考的准备中从容自如,课余仍执着于自己的各类爱好,并不失衡。

3

二十世纪八十年代末。

机关的食堂里,几位年轻同事百无聊赖地闲扯着。

"这年头,混的人多,不混也一样。混吧,熬吧……"他们俨然已灰心丧气,暮气沉沉。

明人一笑。他每天都勤勉地工作着,毫不懈怠。

4

二十世纪九十年代末。

医院的病床旁,老父亲忽然中风,全身瘫痪。医生朋友对明人说:"这下你够受累了,熬吧……"

明人与家人精心陪护。陪护的同时,工作也绝不含糊。

5

二十一世纪○○年代末。

明人站在新疆的戈壁滩上，家人发来短信，不无关心的文字："援疆太辛苦了，要三年多，熬吧……"明人回发了一个调皮的笑脸。他坐进车上，车子直驶山野乡村的安民富民的工地。

……

明人如今年逾不惑，本职工作略有建树，著作也算几近等身。有人向明人讨教，问得最多的是："你哪来的那么多时间和精力？"

明人笑曰："一个字：熬。那种全身心地去打拼的熬。因为每一天都是我生命的组成部分，我必须珍视。"

巷口有一张小竹椅

巷口正对着大街，又比较开阔，还有一棵老槐树，树荫蔽日。天气舒爽时，这儿就经常有人聚合聊天。

某天，那里多出了一张小竹椅，半新不旧的，工艺也不赖。一个晚上放在那儿，明人路过看见，断定是谁忘了拿回去，可又不知怎么处置。怕别人顺手牵羊，他便把它带回了家，第二天一早又放回了原处。他想，这竹椅的主人如果发现遗忘了，还可在原处找回。但深夜回家时，还是看到了那张竹椅。他有点纳闷了，难道主人压根儿就忘了这小竹椅？甚至像弃婴一般弃置不顾了？可那张小竹椅结结实实的，没一点点破损，扔了它，大概傻瓜才会这么干的。明人还是把它带了回去，第二天照旧又把它放回了原处。但一连几天,那竹椅依然如故,白天时不时有人坐着,到了晚上又茕茕孑立,仿佛没人认养的猫狗。

明人索性也不带它回家了,那竹椅天天在那儿,夜夜在那儿,也没见被谁拿了走。

有一晚,看见一个老伯正用心擦拭着竹椅。那老伯有点熟悉,也是久住这巷子的。明人上前询问:"老伯,这是你家的吧?"老伯回答:"是呀,是呀。""哦,你晚上不拿回家就不怕别人偷呀?""哪会,哪会,我们这小巷民风淳朴得很,从来都是路不拾遗的。我这竹椅搁了个把月了,没问题,没问题……,只是前些日子,连着两天,我一清早出门没看到它,后来,它又出现了,看来那拿的人还算是良心发现……"

第五辑

三　近处风景

美丽进行时

盛夏,生命已然入秋的老同学相聚。知天命,已让每一次聚会变得从容淡定而不无欢愉。

平素很少出席的老郑,这回却掀起了一阵不大不小的波澜,情感的波澜。有点突兀,也合乎情理。醉人的酒,已喝了一杯又一杯。

老郑在老同学一片交头接耳之中抬高了声调,一番简短的激情的致辞之后,他竟然对紧挨身旁而坐的一位女同学刘说,我知道你曾经喜欢过我。女同学微微一愣,眼光里掠过一丝羞怯,随即轻声却颇坚决地否认:"哪有呀!"老郑也不追究,转而又惊人地宣布道:"我也喜欢过我们班上的一位同学。"大家禁不住都耳朵竖起。"今天来了吗?你说出来呀!"有位老兄来劲地催促。老郑的脸微醺着,眸子闪亮,这让明人感觉,他像是回到了青春时代。

"我确实喜欢过妍妍,我还向她表白过,你们可以问她。"老郑说道。

大家的目光刷地都聚焦到了妍妍的脸上。那个叫妍妍的女生自然也过了鲜花艳丽的年代,不过此刻她的脸羞红着,抿着嘴,坐在几位女生的中间一声不吭,就像她当年轻言少语、文静的模样一样。

又有人起哄了,说是要把这三十年前的表白交代清楚!明人也很惊讶,他与老郑当年算得上是"男闺蜜"了,也彼此知道心中的爱恋,怎么就没有听他说过这段恋曲呢?

在众人的目光和语言共同的催逼下,妍妍开口了,她表情沉静,目光清澈,轻声说道:"没有这事!"

老郑连忙补充道:"就是在那个百货商店的公交车站,我向你表白的,请你走路聊聊,你回绝了我,你忘了?"

老郑说得诚挚而又清晰,可妍妍还在轻轻摇头,微笑着也不再吭声。

"那个车站,我是去候了好多次,才终于碰上你的。"老郑还在追忆,语气里没有悔意,而是一种兴奋和喜悦。

"妍妍当时上下班,确实经过那个车站的。"一位女同学说了一句。这似乎是在佐证老郑所说的真实性。老郑神情更活跃了,他要去敬妍妍一杯酒。大家群情激越了,站起来呐喊,敲着杯子助兴。

老郑走过去,端着满满一杯红酒,脸上春风浩荡。妍妍落落大方地擎起杯,和老郑碰了一下杯。又有男生叫嚷了一声:"要喝交杯酒。大交杯!"

老郑毫不扭捏,果然摆起了大交杯的架势,妍妍却闪躲了,嫣然一笑,直接抿了一口酒。

老郑坐回座位,说:"今天喝多了,说了真话,不好意思。"

"酒后吐真言,何况又是三十多年前的心里话,说出来舒畅呀!"明人说,"不过,当年我们几位好友掏心掏肺地谈自己的情感秘密,你对此只字不提,隐藏得很深呀!"

明人说完,还侧首与另一位男同学裘兄眨了眨眼,裘兄心领神会,也呵呵一笑,用手捋了捋早生华发的鬓角,朝妍妍那儿瞥了一眼。妍妍坐在那儿,并未注意,她眼角皱纹细碎,脸含微笑,有一种安静之美在脸上绽放。

只有明人知道,裘兄当年是暗恋过妍妍的。

此刻,他对老郑之率真,也不会产生一丝妒嫉吧。

有同学凑在明人耳畔说道:"你说这是妍妍忘了呢,还是老郑没有表白清楚?"

明人笑道:"这一切并不重要,重要的是,爱过,就是美丽过,况且这种爱更博大,更深沉,说明这种美丽,还在继续着……"

酒,此时愈发醇香和醉人,在屋子里弥漫……

那天的巧遇

小乔是在那个周末巧遇领导的。他对明人说,那天下午还刚下过一阵雷阵雨,雨后的空气里还飘着一丝甜润的气息,他记得很清晰。可那天巧遇之后,他开始了夜夜失眠。

他瞥见领导时,心顿时揪紧了。他想转身离开,却已来不及了,领导的目光正向他扫来,那是不经意地扫视,却让小乔有一种浑身凝住了似的震撼。事后,在夜不成寐时,他无数次地回想并反复咀嚼这一目光,总觉得那里有洞穿人心的力量,让他无法自在和安神。

他记得目光对视之后,领导只是朝他点了点头,以示招呼,随即又微微一笑,便甩给他一个宽阔的背影。那微笑,他认定是意味深长的,他相信,领导是真真切切地看到了自己身旁的女同学的。

怪也怪事情这么的巧合,也怪那位女同学过于重情。在书展上邂逅这位当年的中学同窗,距离他们毕业已有十多年了。十多年来,他们毫无音讯往来,自然连面也未见过,今天居然在书展上同为顾客而邂逅。站在人来人往的过道上,他们竟然交谈了约半个小时,说的内容多半是同学们的情况,还夹带着一种致青春般的回忆。女同学谈兴颇浓,当年显得有点木讷的她,经历了十多年的风雨时光,似乎灵魂通透了,并不好看的细眼睛也亮闪闪的,展示着一种率真和豪爽。

是她硬要小乔共进晚餐的。她说她请客,请他吃一顿西餐。这家著名的西餐馆,就在附近,何况又到了吃晚饭的点了,两人的交谈也意犹未尽。小乔随她走出了书展,沿街走了一会儿,便进了餐馆。

那时雷阵雨已过,空气显得潮湿而甜润。西餐馆人气聚集。一进门,小乔就有点后悔了,怎么就与一位女生相偕踏进这门呢?这里多半是成双结对的男女情侣,自己也曾与妻子在恋爱时来过,现在与这女同学这般进入,总觉得不大自在。他有点心虚地用目光扫视着餐馆,偏偏这时,他的目光撞见了领导。很快,又撞见了领导的目光。他真想地上有个洞可以迅速钻进去,表现在脸上,目光是闪躲的,脸色是红白变化的。

后来一想,领导似乎是刚巧吃好了,随即离开餐馆的。他那天在餐馆与女同学面对面坐,品尝着女同学殷勤热诚地点上的一道道美味佳肴,整个大约两小时的光景,他是芒刺在背似的,心神不定,浑身发烧似的。心里催着快快快,吃在嘴里的美食,也味同嚼蜡。

当晚他就失眠了。领导的目光和微笑,在黑夜里时不时地闪现,把他折腾得胡思乱想、声声叹息。幸好老婆出差了,否则与她注定同床异梦,也无法交待了。

　　他知道领导是见过自己老婆的。小乔也见过领导的太太。单位曾经组织过一个家庭联谊活动,这回看到他身边的另一位女孩,领导会有何感想,不会认定他这个快四十岁的男人,也是一个花心大萝卜,是个靠不住的人吧?他翻来覆去地思量着,后悔着,也深深地担忧着。早就传说,他要被提任部门正职了,这是事业成功的一个象征。在这节骨眼上,让领导遭遇了这一场景,那不是等于找死吗?

　　一天中午在食堂门口碰见领导时,他见周围无人,就想向领导主动解释一下。可刚开口,他只说了一句:"领导,那天巧遇……"后面就有几位同事款款走近,他赶紧停住话。他发觉领导的眉头皱了皱,他的心更是忐忑不安了。

　　他决心要向领导尽快讲明白,不能让领导这么误解下去。他心里盘算了很多次,始终没机会接近领导,没机会在单位聊一会儿。

　　那天在厕所里,他在解手,领导在小便。他又刚吐了一句:"领导,那天在西餐厅巧遇……"领导专心致志地在小便,听他一说,突然就扭头看了看后面,那里有几个隔间,此刻说不清门是关着还是虚掩。领导瞪了他一眼,再也不理睬他。小乔蓦然感到自己真傻,此时此刻怎么能开口说话呢?他的脸色唰地就白了,尿也忽然凝住了似的,站在便器前,缓了好一会儿。

　　又是几个难眠之夜。小乔几近崩溃了。思前想后,他准备直接去领导的办公室了。

　　他敲了敲领导的办公室,说要向领导汇报一下工作,秘书让他进了门。领导端坐在意大利办公桌前,带着平常的不苟言笑的神情朝他点了点头。小乔叫了一声领导,见秘书退出房门了,才走近领导,说:"领导,那次周末,那天巧遇……"他还没说完,只见领导面部忽然凝固了,眉头又皱了皱,眼珠子也暴突出来,像要剜了小乔一口似的。小乔此时浑身一抖,但他决心要把自己的话倾吐出来。他继续嗫嚅道:"那天巧遇,真是巧遇……"

忽然,他发现领导的脸色由阴转晴,是的,领导笑了,笑得很分明,很温和,还有,很释然。是的,小乔真切地捕捉到了这一点。

领导说:"是呀,那天,真是很巧,我碰上了多年的老邻居,就是我边上的那个女同胞。我们一起喝了个咖啡,很难得呀。"

小乔怔住了。他一时不明白领导所言何意,舌头像是打了结,半天吐不出一个字。领导笑得更亲切,更爽朗了,他走到小乔面前,拍了拍小乔的肩膀:"你工作很不错,好好努力,会有前途的。"

他不知道是怎么走出领导办公室的,他后来见到明人,提及这一事,却是有一点神经兮兮的。后来,他对明人说,那个周末,那天巧遇,他似乎看到领导身旁的那个倩影,有点模糊,但千真万确的,他老婆那天出差了。

他再也放不下心了。

近处的风景

春风送暖的日子里,明人见过白领夏几次。是他先发来的微信,说是成都的女朋友吃大醋,连着好几天不理他了。明人忙问缘由,并调侃地说道:"大约你真有什么把柄被她抓到了吧?"白领夏住楼下,是明人一位老朋友的侄子,聚在一起喝过茶,他见这小伙子正气清爽,就认他为小老弟了。他在一家 IT 企业任职,明人便笑称他为白领夏。

白领夏面对明人的发问,先是不好意思地抿嘴一笑,说:"老师你还真一下子猜到了。"但随即眉毛一扬,目光和语气都是不容置疑的坚定:"不过,不是你说的什么把柄,我也没干对不起她的事!"明人相信自己的直觉,小伙子是朴实而磊落的,那双眼睛里透露着一种坦荡和诚恳。在明人的逼视下,依然不闪躲,不慌神,拥有这种眼神的人,是可以信赖的。"那么,你又怎么惹恼了她呢?"明人虽然没见过夏的女友,但从他的急切的焦虑和忧伤中,能感受他对她的眷恋。

"是您的诗惹的祸。"小伙子终于吐出了一句话。

"什么,我的诗,我的诗,怎么会与你们缠在一块了?"明人瞪圆了眼睛。

"哦,哦,老师,不是怪你! 是怪我! 怪我!"白领夏连忙解释,脸蛋也憋得有些发红了。

"老师,你前几天写的那首诗太美了,我住这个小区,也没有发现这里的美。我一激动,就把它转发在我朋友圈,一疏忽又忘了署上你的大名了。"白领夏急促但清晰地述说着。

"是那首《近处的风景》吧,不署名,又有何关系?"明人想安慰一下小伙子。

"不是的,老师,这一不署名,看上去就像是我写的了。我那女友看到了,在和我语音聊天时骂了我一顿,我还没来得及解释,她就掐断了聊天,再也不理我了。"小伙子的脸色黯然,眼圈也有些红了。

那首诗是明人在小区快步行走时产生的灵感,诗是这样写的："是谁疏忽了眼前的风景/那一树的璀璨/绚丽而不张扬/在叶的嫩绿和高楼之间/像那邻家女孩从容淡定/羞涩无语/一片素雅/却宁静了一湖波浪/我们的眼睛/总是在苦苦追寻遥远的风光/而那默默装点家园的/其实就在身旁/幽幽吐芳（注：正午在小区健走，发现几株樱花，几株海棠，几株紫荆盛开。遂作此诗）。"看来，远在千里之外的夏的女友，一定以为是白领夏另有新欢了，而且还是隔壁女孩。这误会有点搞笑了。关键是小伙子转发时，不仅遗漏了作者的名字，还把诗歌末尾的注释也疏忽了，加之他们已好几个月不见，这种猜忌就像春芽，在身处异地的恋人心间，很容易蹭蹭上蹿。

办法还是有的。就是明人又把小诗在朋友圈里发了一遍，署名，注解什么都一字不落。他让小伙子把这首诗再转发给他女友，他女友自然会明白过来。

果然，两天后，小伙子给明人送来他们公司的新产品，一本电子书，表示谢意。还用"与老师一席话，胜读十年书"来概括。明人笑着打断了他的赞誉："这不像你的话！哎，你们认识多久了，是网恋吗？"

"我们是在网上认识的，半年多了，见过几次面，还蛮投缘的。"小伙子老实交代。

明人拍了拍他的肩膀，说："那好好了解，好好珍惜。"小伙子点了点头。

但也就是大约一周后，小伙子又发来一段语音，大意说他女友不知怎么又和他闹情绪了。说不清是为什么，也许是距离原因吧。感觉她生分很多，恐怕，这回真悬了。

明人只是好言劝了他几句，让他不要过多烦恼。

转眼到了夏日。在燥热还未褪尽的夜晚，明人甩着膀子，迈着大步,在小区快走。迎面走来一对年轻男女,靠得不远不近,走得不急不缓。走近了,借助昏暗的灯光,看清其中一位竟是白领夏。另一位似乎也挺脸熟,好像是住一个小区的。

小伙子站定了,姑娘也站在身旁。小伙子说:"老师好,这是我前几天在小区业委会刚认识的小毛。"小毛也挺大方地叫了一声老师,还伸出手与明人握了握,说:"您好,刚才小夏还在谈您呢,谈您的诗歌。""是的,我还读了您的几首诗,她也认为挺棒的!"夏说着,小毛也嗯嗯地直点头。

看他们两人如此默契,如此自然,明人故意逗趣道:"还读了那首《近处的风景》了吧?"他们两人不由地相视了一眼,边点头,边不好意思地笑了。

明人之后回到家,给白领夏发了一条微信:"祝贺你,找到了近处的风景。"白领夏很快回复了:"谢谢老师,您的诗就是吉言!"后面是心花怒放的三笑的脸谱。

摇纸扇的小老头

在这个自助的旅游团里,这个头发花白,脸庞瘦削的小老头,实在是不起眼的。他衣着老土,T恤,衬衫,一看就知是廉价的,而且穿了不短的时间,不过都整洁干净,像他下巴上的一撮小胡须。乌黑发亮,一尘不染。

上车下车,他都拿着一柄纸扇,时不时地展开,对着面颊轻轻地晃动。微风,若有若无,他的那撮小胡须也不见晃动。路途上,观景中,他总是这般慵懒,也不无优雅地轻摇着纸扇。有时还从左手裤兜里掏出一方蓝色的手帕,略碰一下沁出汗水的肉鼻子和额头,折叠好了,又轻轻地塞回了裤兜。明人注意到了这个细节,在与他走近时,随意攀谈了几句。

小老头的口音一听就和说小品的严顺开差不离儿:典型的上海普通话,还有点重重的鼻音。再一问,原来是川沙人,川沙早就属于浦东了,现在兴旺得很。小老头说两句话,轻摇一下纸扇,眉间川字型的皱纹忽深忽淡,两条淡浅的眉毛像两条卧蚕,安静地趴在那里。明人想,这个小老头还真文静、优雅,上海滩现在也找不出多少了。那柄纸扇,大约也是 20 世纪中期的产物了吧。

到巴黎的第三天,为选择去奥特莱斯还是凡尔赛宫,团队发生了不小的争执。原团体购物时做了安排的,不料有几位妇人临时提议,放弃参观凡尔赛宫,增加购物活动。大家各抒己见的时候,川沙小老头还是轻摇着纸扇,抿着嘴,一声不吭,若无其事地朝着窗外浏览。明人碰了碰他的肩,问他,你的意见是什么呢?他转过头来,淡眉微扬,一脸微笑:"我反正是来散心的,跟着团队就是,无所谓的。"说着,又轻摇了几下纸扇,纸扇散发出一阵淡雅的清香。

团队决定去近郊的奥特莱斯。导游在车上再三提醒大家,那里扒手多,要小心钱包。

明人也无购物欲,便与几位团友随意游逛,小老头也在其中,一会儿进一家店,出了门,又到对门一家闲逛。

逛了二十多分钟,逛到一家服饰店时,在店里购物的一个团友小单脸色灰暗,语气急切地追上来,说他的双肩包被偷了。那个双肩包大家都见过,蓝绿相间的,他每次都是挂在脖子上,顶在胸前,保护得好好的,因为里边有大伙的护照,还有临时保管的一笔团队活动经费。这可关系重大呀，大家的心都悬了起来。

小单说，他看中一件夹克衫，把包放在脚边，把上衣脱了，试一下装，也就几十秒光景，夹克衫还在身上裹着呢，双肩包已不见了。

小老头不紧不慢地问道："是发生多少时间了？"小单说："就刚才一会儿。"

大家你看我，我看你，都有些不知所措。丢了包的小单也是神色惶恐。

这时，只听见小老头用他的上海川沙普通话低声说了一句，你们分别把门看住，小单，你快去找那个售货员报案，要她把警察叫来检查。

店堂里的顾客不算多，也不算少，小单在那个胖胖的售货员那里讲了半天，售货员只是象征性地帮小单去丢包处张望了一下，耸了耸肩，表示无可奈何。导游也来了，与售货员再三理论着，售货员才慢腾腾地打了一个电话。三分钟后，来了一位戴着袖章的男子，他听了小单的讲述，说要小单同他出去。小单拿不定主意，眼光找寻着什么。那男子正催促着小单时，小老头堵在了前面，他让导游帮他翻译，坚持要警察来检查，来调看监控摄像头。他说，他注意到了这里有监控。那男子却在摇头，说若非警局同意，他们谁也无权调看监控的。僵持了好一会儿，店堂的顾客开始多起来。小老头忽然操起一个衣架，朝着收银柜台砸去。警报器骤响，一拨警员和保安迅速进入了商店，封锁了进出口。

他们把小老头和导游带到了里间。几分钟后，警察开始清查，双肩包在一个试衣间的椅子下被找着了，显然还没来得及被打开或转移，东西都在。

小老头被警察带去讯问了半天，大家都在议论呢。他竟毫发无损地回来了。明人悄声问："你是干什么的,这么厉害?"小老头鼻音嗡嗡的,纸扇轻摇着,一脸平静地说道:"我只是一个退休警察,很普通,没什么的。"

同学一场

霍从来三番五次地打来电话,发来短信,明人心就有些软了。真如霍从来反复说的"毕竟我们同学一场……"。是呀,毕竟同学一场,何况他也再三强调,不会惹人讨嫌的,于是明人答应和他一聚。

霍从来走进星巴克的一瞬间,已提前到达的明人感觉他比二十年前精神了许多,那一身装束,米色的夹克衫,蓝靛色的休闲裤,倒也显得随意和大方,与土豪模样似乎并不沾边。一直听说霍从来在商界混得不错,也算是一个成功人士,半大不小的老板了。有几次霍从来主动联系明人,想请他吃饭聚聚之类,明人都婉拒了,一则确实忙,公务缠身,身不由己,二则心里也有顾虑,这土豪同学找自己,不会没有目的。

霍从来读书时就是小混混,吊儿郎当的,成绩中下游,追逐女生的水平却是一流的,换女朋友像季节性换衣,他看着都有点烦。在校时本来就话不投机,毕业之后更没什么联系了。

接二连三的恳请,再不见一面,就太辜负同学一场了。于是,就约在星巴克小坐。

霍从来一进门,眼珠依然滴溜溜地转,他一下子捕捉到了明人的目光和身影。他的圆脸更加圆润了,微笑堆积在脸庞上。

明人与老同学握了握手,相互谦让地点了各自的茶饮。这期间,霍从来自始至终咧嘴笑着,目光逗留在明人的脸上,那微笑和目光有点诌媚。与他土豪的身份似乎并不相称。明人也只得以微笑相对,并主动热情地与他寒暄起来。

霍从来的圆脸洋溢着兴奋的光彩,他三言两语地介绍自己目前所经营的项目,有点小小的得意,但还努力克制着,时不时自嘲道,对您来说,我这就是小生意了。

"对我来说? 我只是两袖清风的公仆,怎么能和你比呢?"明人笑道。

"哎,话不能这么说,你是同学中的佼佼者,衙门里的菩萨呀!"霍从来一脸认真地说道。

明人噗哧笑出了声:"还菩萨呀! 亏你想得出这个比喻!"他想起在学校时曾经给霍从来起过一个外号,叫霍和尚,有时还故意把霍字念岔了,念成"花和尚"了。眼前的霍从来依然胖乎乎的圆脸,剃着一个板刷头,那模样与和尚似像非像,让人好笑。

应该说,最早的十来分钟,霍从来是专注的,他和明人交流着,目光也是迎合着明人的言语表情的。明人并没有不自在,他和霍交流从来也是不卑不亢的。老同学,尊重是必须的,何况多少年没见了。

男侍应生把咖啡端上来,手力重了点,小勺子从碟子里掉落在桌子上。侍应生连忙致歉。刚才还一脸谦和的霍从来忽然沉下了脸,说话也毫不留情:"侬哪能搞的! 开啥小差!"小伙子嗫嚅着嘴想解释,他不由分说又扔过去一句话:"侬当阿拉是穷瘪三,勿会付钞票呀!"他还想骂,小伙子歉疚地说:"我给你换一个。"转身走开了。

185

霍从来还在骂骂咧咧的，明人心里掠过一丝不爽。

侍应生拿来一个勺子，小心地放在碟盘里，还一迭连声地向霍从来打招呼："对不起，真对不起。"

"不要说了，走吧走吧！"霍从来像赶苍蝇似的驱赶侍应生。

两人又交流了一会儿，霍从来虽然在克制着，不托出他的意图。他当然知道，明人身居官场，也有一定的影响力。他这么邀请明人一聚，自然不是仅为了重叙同窗之情。但他表示过不给明人添麻烦的，因此也小心翼翼地，不想贸然直奔主题。

明人则把这看成是老同学二十年之后的一次相逢。往昔今日，生活职场，皆成话题。

明人觉察霍从来的眼珠子，不似刚进门之后凝神专注了，好多次骨碌地转，有时盯视着明人的左后方，眼神流露几分暧昧，明人也不经意地朝左后方瞥了一眼。原来那里有一位年轻女孩独自坐着品尝咖啡。他读出了霍从来的目光，那是二十年前在学校念书那会儿就经常看见过的，用三个字可以概括：色迷迷。

从店堂里又走过一个女孩，他的目光又追随过去，还似有似无地朝人家眨了眨眼。明人悄悄给了他一句话：从来没变。

霍从来嘿嘿一笑，收回了目光。但之后，目光又从明人这儿游离开去，定定地凝注于不远处的星巴克门口，店堂里又走进几位窈窕女郎。

明人又笑说着，把霍从来的目光拽了回来。

又闲聊了一阵。忽然，对面的霍从来两眼又放起光来，目光直直的，人也禁不住站立起来："是，是刘，刘领导，太巧了，太巧了。"他自言自语着，向明人说了声："对不起，稍等一会儿。"便脸上大放光彩，比方才更加堆满了笑，谄媚地笑，奔向进入店堂的一位中年男人。传到明人耳朵的是惊喜而又肉麻的一声欢呼："刘领导,太高兴碰见您了……"

五分钟后,霍从来还没回来,他正坐在那位刘领导对面手舞足蹈地述说着。明人悄悄地离开了,只在桌面上留了一张便条:"单我已结,同学一场。"

是的,同学一场,有的同学,再见就只这一场,就这一次了。

羡　慕

对面那幢楼住着一位教授,看上去与明人年龄相仿。明人每天早上睡眼惺忪地拉开窗帘,总是见到这位教授已在阳台上练起了太极拳,一招一式像模像样的,也仿佛在嘲讽明人起得这么晚。

明人缺觉,在政府里面管着一摊事,起早贪黑的,留给自己的时间真的不多,有时半夜还经常有电话告急,爬起来,就往事故现场奔去。晚上还得参加各种应酬,肚子里什么酒都灌过,因此年纪不大,也有点肚腩了。常常是筋疲力竭,到了家,电视报纸没看几眼,就昏昏然了。

他很羡慕那位教授。教授大部分时间在家,也许是不坐班的。从宽大的阳台可以探望教授看书、听音乐,生活得很有规律。最有标志性的举动,就是一清早阳台上练拳,晚饭后在小区散步。做一个教授多好,这么清闲,这么有序,和自己差不多年龄,已开始过中国文人闲逸恬淡的生活了。明人真是好生羡慕,他真想明天就过上教授这样的生活呀!

明人与教授不熟。从未搭过腔,从教授的眼光里,也可以发觉他对明人似乎也很关注。明人骨子里也是文人,文人间有时会有一种清高阻隔了两人的心灵。他们常在自家的窗口和阳台上,让目光不经意地交会,也时常在小区相遇又擦肩而过。

终于在一个大型社区活动中,明人与教授两夫妻坐在一起了。明人主动与教授握手,并准备与这自己羡慕的对象说上几句,这时,教授的妻子却先开口了:"我家先生一直说,真是羡慕死您了,说同样的年纪,看人家天天忙得多欢,而自己就像个退休职工一样!"看着教授也在一旁频频点头,一脸的真诚,明人一时竟结巴起来。

真诚大礼

在朋友聚会上再见到小刘作家时,明人心里感觉怪怪的。但这一桌,也就十来个人,只能是"低头不见、抬头见"的状况了,小刘作家的目光也朝自己飘来了,明人还是热情地迎上去,与他握了握手。他的手细细的、软软的,不像是一位男子汉的手。

凑巧的是,他俩又挨着坐了。酒桌上,小刘作家表现得很平常,话不多,酒也不主动敬。明人因为礼节,先敬了他一杯,他轻轻抿了一口。过不久,又回敬了明人一杯,并让明人随意,自己深深地喝了一大口。不卑不亢,温文尔雅。这着实让明人心里又犯嘀咕了,这小刘作家究竟是什么样的人呢?

酒过三巡,主人宣布说,酒杯可以稍微放放,现在换个频道,让在场的明作家、刘作家把他们的大作赠送给大家。不过,拿到赠书的待会必喝一杯"单眼皮"（满杯）哦，这是签名书呀！大家遂同声叫好，有的已经翘首盼望，有的索性挤在明人和刘作家身边了。明人这回随身带了几本新近出版的小说集，他瞥了小刘作家一眼，看见小刘作家从棕色公文包里取出的，是三四本散文集《绿海无垠》，封面也是翠绿一片，生机盎然。这也是小刘作家上次拿来签名赠书的那本集子，曾给过明人一本。大概，这也是他的得意之作。

这时，一位画家朋友对小刘作家说："你这本书，你给过我，我读过，写得好有情趣！"大包头像个大礼帽盖在脑袋上，说话时脖颈得意地扭了扭，这大包头就跟着晃了晃。看得出，这是理发师在稀疏的发丝上创造的奇迹。

明人注意到，此时小刘作家只是微微一笑，并不作答，似乎表现得并不高兴。对别人的夸赞能保持如此神情，这对于还算年轻（看模样四十岁不到）的作者，也够从容的。

两个人的书都签赠完毕后，大包头画家又对小刘作家的作品继续夸赞起来。却不料，小刘作家微皱了一下眉头，脸上带着笑意，语气却不乏讥讽地说道："您恐怕只是粗粗翻阅了一下，并没通篇细看吧，您这么忙！"大包头画家明显一愣，这反应太直接了，连明人也从他的眼神里感受到了他的纳闷：是这样的，可是你怎么知道？话虽没说出来，但从短暂的缄默场面，已让答案像看得见的尴尬一样，登堂入室了。

明人蓦然想起，上次与小刘作家一同在图书馆签名赠书的一幕。那次也是巧合，图书馆为了促进作家与读者的交流，邀请了一拨当地作家签名赠书。明人拿出了出版社寄给自己的几本近作，欣然参加了活动，与不太熟悉的小刘作家比肩而坐。明人记得当时有一位中年妇女来要书，请明人签了一本，转而又近水楼台似的,向小刘作家要书。她刚报了名字,小刘作家就抬头望了她一眼。只听这位中年妇女带着夸张的口吻说:"您的小说特别棒,上次那本,我常常在看。"小刘作家从不写小说呀,这点,明人是知道的。此话从何而来?明人乜斜了小刘作家一眼。小刘作家的神情和今天一样:微微蹙眉,脸有笑意,而语气则不乏尖刻:"您是不看书,拿书送人的吧?"妇人羞红了脸,嘴里一直不停地低声自辩着:"我读,我读,我读,我读……"妇人拿到书,连声感谢,几乎是仓皇而去。当时,明人就觉得这小刘作家目光够凌厉的。可他就是不明白,小刘作家给他的那本签名书里,怎么还有像是信手涂鸦的一首小诗呢?

那天,明人在回家的车上,把《绿海无垠》那本书翻读了。那本书不能说写得很美,但也有作者自己的思考、思辨和思想。明人一页页地翻读着,忽然后半部的其中一页跳出几行字来,是用铅笔写上去的,有点潦草,但细读,却是一首小诗:很多相见不如此时相见/很多问候可以问候永远/真情这东西,也不是人人都具备/而真诚之大礼,也是你我之缘。这签名书上怎么有他的小诗?是这本书,本该是赠送他人的,他不小心拿错了,就到了自己手里?或者,是他特意加上这首小诗,赠给自己的,而自己根本不解其意?他是在向自己释放什么样的信号,还是故弄玄虚,显示他的独特不凡?明人百思不得其解,所以见到小刘作家,心里就怪怪的。

今天的签名场景,又让明人心里蠢蠢欲动。这小刘作家写这小诗究竟何为?

为了打破这尴尬的局面,也是由衷地向小刘作家表达一份敬意,明人主动对小刘作家说道:"我读了您的书。真是不错的,有深度,有内涵……我还读到了您的那首小诗,关于相见、问候、真情和真诚的。"小刘作家眼睛明显一亮："您是真正看过我书的。谢谢您！这书并非有人说的是有情趣的吧？"他的目光瞟了瞟大包头画家。画家的脸羞红了。

疙瘩还在明人心里，他还想追问什么。看场面又觉不太合适，渐渐地打消了念头。

这晚告别时，小刘作家自己主动告诉明人："您知道我为什么要写那首诗吗？"

明人摇摇头，表示不解。

小刘作家说："很多人拿书时很热情，拿回去也根本不看，可见面时总是好话奉承，说得花好道好，我在每一本签名书里都写上了这首小诗，您说，只要稍稍看过我这本书的，谁不会注意到这首诗呢？"

明人豁然开朗了，他为这位年轻作家的机智和率直而感怀。这首几行铅笔字涂鸦的小诗，分明也是一份真诚大礼呀！

爷爷，外公和爸爸

这不是一个虚构的故事。为了保护他们的隐私以及叙述的方便，明人用字母代替了他们的真实姓名。

这四位是明人的兄弟，原来是中学同学，他们四人被同学们称为"四友帮"。显然，当年他们的关系是相当密切的。

时光荏苒。四十多年过去了，他们虽然还偶有联系，但各自为工作和生活奔忙，人生的轨迹也不尽一致了。

A君,一个小公务员,职位不高,权力不大,收入倒也稳定,和他的性格挺相配,本分老实。

B君比较活络,在一家外资企业任高管。拿的是年薪,抽的是洋烟,常坐国际航班去各处公差,是一个人人羡慕的主儿。

C君呢,命运不济,高中毕业患了一场重病。康复之后好久,才在一家物业公司当上了保安,后任主管,四十多岁了还是王老五,前几年刚成家,生活渐趋平稳。

D君是唯一一位下海的,知道自己一向成绩差劲,一毕业就做个体户了,馄饨店,小卖部,倒卖国库券,后来做起了包工头,入股房地产公司,日子开始滋润起来。

都是同学,混得好不好是另一码事,同窗友情却是不可轻易舍弃的。所以,有时他们一两年也聚上一次,开怀畅饮,插科打诨,每次聚得都挺尽兴的。

大约又有一年没碰头了。A君就想邀约大家再好好聚聚。这聚聚的念头也不是没来由的,一是因为有一年没聚,也没啥联系,聚聚也是顺理成章;二是A君人生到了一个可以得意的崭新阶段,他当爷爷了。五十多岁就有孙子了,这也是值得炫耀与骄傲的呀。他打了电话给B君,B君立马响应,这段时间出差少,腾得出空,另外,他心中也自有窃喜,他当上外公了,女儿前几天刚生育,他正愁着没处去欢闹呢! 他们又联系了C君,C君也一口答应,他心里也揣着好事,正喜不自禁呢:他做爸爸了! 本来结婚就晚,终于中年得子,当是一大乐事。

三个人各有喜事,自然盼望着与老同学一聚,尽情倾诉,好好庆祝,也是快乐和幸福呀。

但他们未曾料到,在通知D君时,D君吞吞吐吐的,表现得很勉强,与以前的他判若两人。他们既疑惑又不悦。

以前几次聚会,只要谁一提议,D君准保很积极,不是在他家摆桌头,就是由他做东上馆子,他眉头从来不皱,不让他请,他还直说大伙儿看不起他。这回,他也不说什么,只是嗯嗯啊啊的没有完整的句子。自然,意见表达得也含糊不清。

也许他最近生意不佳,心情不好?最近房地产市场局部倒是有些萎顿。或者是因家人不睦,神情低落了?他生有一儿一女,都刚成家。他和发妻早离了,前年还找了一个和他女儿一般大的,他们也许相处不睦?

A君、B君、C君胡乱猜想了一阵,仍百思不得其解。最后还是A君建议,B君、C君赞成,"四友帮"还是要聚,这次就不放D君家了,但考虑D君的情绪,定的饭店挨着他家近些。如此,他至少可以过来见一面,若真有何事,也不受影响。决定之后,他们再次通知了D君,并且叮嘱D君一定要来参加。D君支支吾吾的,最后总算答应。

这天,A君、B君、C君都如约而至,约定的时间都过了,D君还没亮相。A君拨了电话,那端D君接了,似乎闹腾得很,还有婴儿的哭声。D君忙不迭地致歉着,说自己晚点争取过来,让他们别等,先用餐。语气不像是不高兴,似乎还可感觉到他不无欣喜和满足。

但直至两瓶五粮液都下肚了,D君仍然不见踪影。他们暂时也不管他了,借着酒劲,把自己的喜事都倾吐出来,于是大家频频举杯,欢庆祝福。

喝得差不多了,借着酒劲,A君提了一个建议,我们干脆到D君府上一看,反正没几步远,大家又是老同学,应该不会有啥问题。另外,也可以知道一下D君的现状,说不定还能给他些帮助什么的。至少,他们三人的喜事也多少可以给D君带去一些快乐呀。

　　按响 D 君别墅的门铃。D 君匆忙迎了过来,他连声道歉,把他们迎进了客厅。一阵奶粉和婴儿香的味道在屋子里弥漫。看着大家疑惑顿生的模样,D 君竟然有点羞羞答答地笑了,他请他们登楼一看。他们满是诧异,跟着 D 君上楼。推开三个屋子,居然都有一个婴儿! 怎么你开起育婴会所了? A 君他们刚想发问,D 君开腔了:"真不好意思呀,没把实情告诉你们,你们打来电话的那天,我正在医院,我女儿,我儿媳妇,还有太太,都住进了医院。""啊? 怎么回事? 要紧吗?"大家都有点莫名的担心。"哦,没什么,她们都到临产期了,一周前,她们在同一天生产了。""同一天?"大家惊呼。"是的,是同一天。"D 君这次回答得很干脆。"那,那,这一天,你同时当上了爷爷、外公,还有,爸爸?"A 君像发现了新大陆,充满了惊奇。"是的,是的。"D 君脸红了,也不好意思地笑了。

　　A 君、B 君、C 君此时盯视着 D 君,心里是说不出的滋味……

老人与士兵

明人听来这样一个故事:

一个偏僻的乡村。

　　毒辣的太阳已落到地底下去了。大片一片沉寂,老人吹灭了蜡烛,准备早些入睡。明天,还得到县城餐馆,再打一点泔脚,否则,圈养的鸡呀猪呀,没什么东西吃了。

突然，门被重重地揣开了。一串手电筒的强光，打在了老人的脸上。他赶紧用手臂去遮挡。

在手电光下，他抖抖地复燃了烛灯。借着灯光，他看见了一张布满血迹的脸。看装束，是一个日本兵。

他才想起白天里曾响起一连串的枪声。估计是什么人交上火了。这个日本兵也许正是在这场交火中逃脱的。

日本兵一副凶蛮的神情，用亮着刀刃的长枪逼迫着老人退缩在墙角。他叽里咕噜地说了好多，老人一句都听不懂。他瞥见了桌上的一只茶碗，扑上去，就咕嘟咕嘟地仰脖喝尽了。老人想站起来，他又赶忙用刀枪逼迫老人。月光里流露出一种杀气。

老人动弹不得。那日本兵也许是饿极了，又在房间里乱搜一通，但那刀枪和眼光时时地盯视着老人。

一无所获。他也许累了，一屁股坐在了对面。枪还在手里紧攥着。

渐渐地，日本兵合上了眼帘。借着烛光，老人发现，沉睡中的日本兵有着一张孩子脸，也许只有十八九岁，像极了自己的儿子。儿子两年前，随小叔去海外了。他孤单一人，太想念自己的孩子了。他此刻会有人照顾吧？现在到处都在打仗，他是否也会像这个日本兵一样，受了伤，挨着饿，活得很苦呢？

想到这里，他想为这日本兵做点什么，家里还有几只鸡，都说鸡汤可以疗伤。他想宰一只鸡。

他颤颤巍巍地站起身来，摇晃着身子，走到桌旁，他拿起了一把菜刀，走向鸡窝。

后面突然一阵窸窸窣窣的响动。还未等老人回头，尖锐的刀已穿过了老人的胸膛。老人回过头来，日本兵两眼血红，正死死地看着他。老人什么话也没说出，一头栽了下去。他的头正朝向门边鸡窝。那把刀也重重地坠落在地。

日本兵也许在一瞬间明白了什么，像被突然刺激了一下似的，仰着脖子，发出了一声撕心裂肺的吼叫。

那声音悲惨、凄厉，充满绝望，在乡村的夜空久久回荡。

乡里的人赶来了。日本兵一点也没抵抗，束手就擒。他在老人的身旁，痛哭着，捶地，好久好久……

全民微阅读系列

餐桌上的"老外"

老何家周末来了几位朋友，还有几位年轻的"老外"，来自美国加利福尼亚州，是他儿子留学时的同学，暑假来中国旅游的。儿子虽然没回来，但电话叮嘱父亲接待他们一下。老何厨艺不赖，就在家里摆了一桌，都是他亲自掌勺的，特意请老友明人一并出席。

老何说，他好久不下厨了，技痒已久，这回得好好过把瘾。所以他这天忙得不亦乐乎，色香味俱全的美味佳肴一盘盘端上来，自己却坐不下来。匆匆敬了大家一杯，又去厨房里忙碌了。他的太太又不喝酒，只是热情地为大家搛菜、倒酒，气氛不太热烈。

明人于是对老何说，你就安静地喝一会儿吧，那几个菜待会儿上没关系的。老何见状便爽快应诺，坐下后，又和大伙儿一起举杯。放下杯子，他指着自己刚刚端上桌的，每人一盅的河豚鱼说，这是我表兄今早从乡下送来的，他自家鱼塘养的，大家尝尝。

他说关于河豚鱼，还有一个故事。当年一拨有钱人在饭馆里豪饮,端上这道菜肴时,他们先盛了一条,让店小二送给饭馆对面的一个乞丐。那乞丐正邋里邋遢地坐在马路边上,一副嗷嗷待哺的神态,接过店小二送来的鲜美诱人的鱼肉,自然喜不自胜。过了半个小时,大家朝窗口望去,那位乞丐还是生龙活虎地坐在那儿,毫无异常,他们才对桌上的鱼肉纷纷动起筷来。又约过了半小时光景,那个乞丐竟推门进入,他一看餐桌上的鱼肉早就吃得只剩残渣骨头了,这些有钱人还在频频举杯,便偷笑了一声,跑回自己刚才的领地,把那碗鱼肉狼吞虎咽地吃下肚了。

老何说完,明人和几位朋友呵呵一笑。两位"老外"懂中文,也微微咧了咧嘴。

明人撺起一块鱼肉,嚼了起来。两位"老外"也在吃着,却一直未碰面前的那盅鱼肉。

挨近明人身边的"老外",还低声问了明人一句:"他说的故事是真实的吗?"

明人想笑,但见"老外"很认真的模样,只是回答说:"他说的是以前的一个段子。"

老何又去忙乎了。明人去上了趟洗手间,回来一看,发现两位"老外"面前的那盅鱼肉不见了。他有些纳闷,要吃的话,也没这么快就吃好了呀。他又不好多问,都是初次相识,问多了似乎冒昧。他端起酒杯,主动地向他们敬酒。

其他人的鱼肉显然都下肚了,老何的太太过来帮着收拾,瞅了一眼两位"老外",也显然有点不解:"咦,你们的鱼呢?没见你们吃了呀。"

两位"老外"都不自在了,一个说:"我想,带回宾馆吃。"另一个说:"我,我也吃不下,待会再吃,放那儿了。"他指了指背后的茶几,果然两盅鱼肉搁在那儿了,一定是趁大伙不注意的时候,他们将它们挪了挪位置。"老外"心里有顾虑呀!

老何和明人都心照不宣,不说,更不催。扯开话题,谈论其他的事儿了。

明人听见两位"老外"用英语轻声交流了两句。一个说:"能吃了吗?"另一个说:"吃吧,他们吃了这么久都没事。"一个说:"那就吃吧,上帝保佑。"

他们把鱼肉又端了上来,小心翼翼地吃着,那副模样让人忍俊不禁。

是老何先笑出了声。有朋友也笑了,两位"老外"也不好意思地笑了起来……

陌生电话

接到一个陌生的电话,明人犹豫着接通了。是一位有点沙哑的大男孩的声音。

"您是哪位?"明人问。

"我,我,老师,我叫牙力加……"回答有点怯意。

明人脑子迅速启动了搜索引擎。只知道有个地方叫牙买加的,很遥远,也很陌生。什么牙力加,没找到任何记忆。

"老师,我是喀什巴格乡三中的。"还是有一点不够底气。

"找我有事吗?"明人还正忙着,便直截了当地问道。

"哦,老师,您很忙吗?那我待会儿发短信给您吧。"

明人不置可否地"哦"了一声。刚想合上手机,忽又听到一句:"老师,我会把身份证号也发给您的。谢谢您啦!"

明人疑惑了,这个陌生的孩子什么意思呀!

过不久,短信来了,就几行字:"老师,向您报告,我是牙力加。我高考成绩出来了,理科,341 分。谢谢您的关心!"后面是一串身份证号。

明人不解。左思右想,有点明白了,这位学生报告高考成绩,也许是想进南方大学,一定想请他帮忙。

虽然是偏僻地方的人,这孩子也不点破,挺聪明呀。明人不知怎的,有点说不出的滋味。即便如此,他还是让教委系统的朋友帮助关心一下。

好多天过去了,明人忙得几乎已忘了这茬事。

这天,短信来了,是这小伙子发来的:"老师,我已被天津大学录取了。再次向您表示感谢和敬意!"

明人又糊涂了,他怎么跑天津大学去了。他询问教委的朋友,还带着明显的责怪。教委的朋友一脸的歉疚:"我忘了联系他了,真是不好意思。我想你与他不熟,还真没把这放心上。"

明人有点恼,但也无法说什么了。

憋了一天,他只要一打开手机,就会看到那句留言。像有一个心结,没能解开。

明人终于拨了电话过去。他说了一通道歉的话之后,想听听对方的声音。小伙子还是沙哑的声音,但说得挺流利:"老师,我要谢谢您,如果没有那次您在地区图书馆给我们讲课,还签名赠书,我就没有高考的自信了。所以,我拿到成绩的第一个念头,就想向您报喜。天津大学是我第一志愿。我如愿了,真的谢谢您!"

明人立时觉得自己的脸滚烫滚烫的,仿佛手机火烧火燎一般。

这里有好车

儿子与明人在外吃了晚饭。一到家,明人就麻利地换了一双球鞋,打算"快走"健身。却见儿子一头钻进自己的房间,不想动弹了。他想拽着儿子一起去,儿子心不在焉地嘟嚷"不去了,不去了",埋首电脑前,泥雕木塑一般一动不动。明人知道,网上游戏又把儿子的魂儿勾了去。

明人在小区"快走"时,还一直在琢磨着如何把儿子叫下来,好好走几圈,一则是要让儿子运动运动,大热天出点汗,健健身,有好处,还有就是可以和儿子沟通交流,增进父子情谊。他又打了手机,儿子接了,但仍不愿下来。空调机开着,又有迷幻的游戏吸引,儿子怕是不肯挪动身子的。十来岁的孩子,是对游戏很痴迷的年龄呀。

小区里停了好多小车,明人忽生一计,又拨了电话,对儿子说:"小区里好像好车不少,快下来看看。"儿子酷爱小车,特别是名贵的车,他几乎说得出它们的特点,包括优劣。对什么配置仿佛也了如指掌。但儿子并不理会:"我们小区没什么好车的。""有的,真有的!我看见了!"明人不知怎的,就吐出这么一句:"是什么形状的?你说说。""是,是,我说不出来呀,那标志我也不认得。"明人又胡诌了一句。"那好,我下来吧。"儿子终于松动了。

在等待儿子下来的空隙,明人就有点后悔了,这不是欺骗孩子吗？自己又不识车，儿子也知道这小区没什么好车，待会儿发觉真的什么没有，那多不妙。他赶紧临时抱佛脚似的，又走了几步，找了几辆形状有些特别的小汽车，以示儿子。实际就是搪塞了，明人本来就不识车的。

儿子下来了，让明人指点。明人随意点了几辆。儿子立马回答，这算什么好车，太一般了！明人又指点了一辆，儿子忽然撇撇嘴："满大街都是，一点不稀罕！"明人黔驴技穷了，又带儿子到了一辆行状别致的跑车前。儿子凑近仔细观看，很快就爆出一声赞叹："啊，是蓝博基尼呀，啧啧，怎么小区里会有这辆车，太棒了！"儿子拿了手机，在车前车后拍了几张照。明人心里一块石头落地。"我说的吧，有好车呀。""嗯，这真是好车，哪里还有，再带我看看。"儿子不满足，但明人心里已有底了："走，再到那条大街上看看，我刚才走过的。"他相信街上两旁停着那么多车，不会没一辆名贵的。

只要让儿子从电脑前走开了，从屋子里走了出来，这已经是一种收获。何况对我们的眼睛来说，不是没有特别，而是要在于发现！由此让儿子懂得这番道理，又是多大的收获呀！

鞭炮的年味

幼年的时候，乡下的伯伯来上海，虽然穷，但也时常带几挂鞭炮给明人。快过年了，这鞭炮就像那些英雄胸前挂着的勋章一样，让明人在小伙伴面前颇为自豪。这一年的春节自然过得特别有味,也特别难忘。

以后每逢春节,置一些鞭炮放上一阵,好比大年初一吃汤圆一样,不可或缺。

当时,有一段时间已对城市放鞭炮有所限制,媒体也大有提倡电子鞭炮的言论,明人有些不以为然,这还像过节吗? 过年总得有过年的味道呀。

几年前,为了让家人感觉浓厚的年味,明人在年三十晚上又放了一次焰火鞭炮,却不小心被焰火灼烧了手。赶紧去了医院,还差点被来医院抓鞭炮伤人的电视台记者逮个正着。这过年的几天,整个左手都被包裹着,实在不便。不过,这一年的春节又变得难忘了。

但之后明人就不再放了,有点一朝被蛇咬,十年怕井绳的感觉了。

今年春节,鞭炮声明显比往年小许多,但仍时时把明人从睡梦中惊醒。硝烟漫进了屋子。他就有些恼怒了。

在小区,有几个大小伙子玩二脚踢、焰火大蛋糕,他真有走上去劝阻他们的冲动。他觉得他们太楞头青,太落伍了,什么时候了还玩这个! 他不知道自己哪来的这种冲动,只觉得听到鞭炮声就像点着了那片无名之火,火烧火燎的。

那天,雾霾密布天空。明人呼吸都觉得憋闷。明人匆忙赶路,一个外地十来岁的小男孩向他兜售鞭炮,他一推搡,那摞鞭炮都散落于一地。小男孩怨恨而又可怜兮兮地望着他。

他走出了十多米,忽然想到了对方是小孩子,想到了当年的自己,折回身,掏出了三张百元纸币,塞在了孩子脏乎乎的手心里。他说了一句:"别卖这个了,要卖就卖电子鞭炮吧,都有喜庆味。"小男孩呆望着他,一时未缓过神来。

长大了的心

在学校念书那会儿,王先生的形象在明人心里是高大的。他亲切随和,能写词谱曲,手风琴也拉得很悦耳动听。当然,王先生也欣赏明人,举荐他为学生会干部,明人因此有了施展才华的舞台,他对王老师是心怀感激的。

后来明人留校,与王老师共事,就发觉其他老师们都有点看不起他,接触多了,王老师的俗相也展露无遗。明人长大了,心气自然高了,也觉出王老师的不少"小"。比如他说话低声下气,比如他过于计较个人名利,比如他卖弄并不丰厚的才识……

还有王先生的嗜烟如命。身边烟雾缭绕,身上烟气熏人,牙齿也蜡黄蜡黄,面颊也几近烟黄。他妻子管得紧,好烟抽不了多少,他就自制卷烟。吃剩的"烟屁股",都指甲盖大小了,舍不得扔,收罗起来,每天用一个简易的卷烟器卷上一摞,整齐地置放在考究的闪亮的烟盒里。每每抽着,都有滋有味的。

于是以他名字命名的香烟,在学校里传扬开了。当然,传扬开的还有一分讥笑,一分嗤之以鼻。

明人长大的心此时也一阵哀鸣:老师,你怎么会这样呀!

后来明人调离。很多很多年没见过这位王老师了。王老师被明人淡忘。直至有一天,有老同事告诉明人,王老师已患肺癌辞世了,他才蓦然想起了王老师。是否是自制的香烟毁了他?

想起王老师的种种,也经历了人生许多,明人忽然觉得一个人对自己的老师、长辈，尤其是帮助过自己的人，是不应有所苛刻的，王老师分明是可爱之人！

他还发现了一个细节，王老师从不拿自卷烟敬人，那些商店购置的好烟他时常爽快地拆封相赠……

真正长大了的心，才能发现这些生活的感悟呀！

脱发恐慌症

明人的车子刚驶上高架，手机就振动不止，电话显示是朋友彭打来的。明人打开接听键，彭心急火燎的声音就在车内响起："明人，帮帮忙，我那个臭小子吵着要到韩国去，你快过来帮我劝劝……""他还是为了自己的脱发？"明人问。"是呀，他说只有到韩国去了，植种头发，否则无颜见人了。我说什么他都不听，你的话他会听的，快来替我说说。"

幸亏今天是周末，明人本来是要到书店去的，淘书是他的一大乐事。他提前下了高架，折返往彭家赶去。

彭的儿子约莫三十岁了，结婚时，还是明人做了他们的证婚人。这小伙子乖巧、内向，平时一心投入自己的工作中。前段时间，明人就获悉，他为自己不间断地掉头发而深陷担忧之中。他说，每天早上枕上就散落着许多头发，他感觉自己的头发愈来愈稀少了，真担心是得了什么病，不久就会被鬼剃头似的，一毛不长，或者斑驳陆离。他惶恐不安。明人劝他别着急，到医院好好找找病因。他听从了，去了医院。医生明白无误地告诉他，他是脂溢性脱发,平时注意少吃油腻,注意营养,也不要操劳过度之类。他宽慰了几天,见头发还是大量脱落,不由焦躁起来。后来,据说他服过中药,擦过药水,还是见效不大。这回又闹腾着要到韩国去。

坐在沙发上的小伙子一脸憔悴,眼睛里布满血丝,可见好些日子睡不踏实了。他见明人进屋,抬起眼帘,叫了一声:"叔叔。"随后就直言,对明人说:"我想到韩国去治疗头发,有人向我介绍了一家整容所。据说,治疗脱发很有一手。"朋友彭在一旁说:"我只听说韩国的整容业发达,当然,也有整死人的,但还没听说过治脱发有高招,别上当了。""可这头发这样掉,已经没治了,不如死马当作活马医,去那里再试一回。"小伙子虽然固执,语气还算缓和。

明人细细打量了一下他的头发。两三个月没见,头发并非他所说的脱落迅速。他心里有数了,说,既然你们都有空,我请你们喝个茶去,就在附近。

一家50平方米不到的小茶馆,只有几张桌子,但布置得雅致宁静。主人显然与明人挺熟,笑脸相迎,香茶款待。他脑袋上一毛不剩,光亮晃人,也很见一种帅气。明人待大家坐定,便对小彭说,20多年前,有一对好朋友,都是血气方刚,十分自尊自爱的年龄。他们踌躇满志,正是拼搏职场,努力实现自己理想的时候,忽然不约而同地发现自己脱发了,一个明显的感觉,是前额毛发稀少,发际往后退移,另一个则头顶脱发,很快显出一个中央空地。后来他们知道,一个是谢顶,是脂溢性脱发,另一个是斑秃,是病因性诱发。他们正是比你还年轻的年龄,丈母娘都不知在哪儿呢!两人很快陷入了焦虑之中,整日愁眉不展,到处寻医。当时有一种叫做"101"的药水,据说治愈率达到90%以上,市场很抢手,没有一定的关系,还不一定买得到。他们是花了高价,请人帮忙搞到了两瓶。一人一瓶,用去了一个月的工资。每天,他们早晚用棉签蘸了些许药水,小心翼翼地涂在脱发的头皮上。涂抹得仔细而又神圣。两个月不到,一位已把药水给用完了。另一位还残留了小半瓶,舍不得立即用掉。

"那他们的头发长出来了吗?"一直凝神静听的小伙子忽然开口问道。这自然是他当下最为关心的环节。

"这两位,一位就是我,当年就这么谢顶,20多年了,也没再费神,还是这等模样。"明人说。

"那一位就是我了,"主人这时也坐了下来,笑声朗朗地说,"我就这模样了,几年后脱得稀里哗啦的,我干脆剃了个光头,20多年来,还省了不少理发费。"

"你瞧他多帅呀!娶了个老婆,也如花似玉啊!"明人说道。

"当年的脱发恐慌,现在想来,是多么幼稚可笑!你这点脱发,还要如此惊慌失措,到韩国?"

"呵,得不偿失。"明人说笑着。小伙子的脸腾地红了,他将了捋自己的头发,不好意思地笑了。

礼　数

快正午的时候,明人与老郑穿过商业街,走向路边停放着的尼桑车时,这位姑娘是迎面走来的,略有些发黄的长发披散在肩上,面庞有几分憔悴,嗓音则是一口南方普通话:"叔叔,购房吗?

给您看看这个。"说着，姑娘递过来一张花纸片。不用看，就知道是售房一类的广告。明人朝她摇摇头，嘴里还吐出了"谢谢"两字。老郑就不耐烦了，推开姑娘的手，厉声嚷道："不要，不要，不要！退一边去！"姑娘这时窘迫地站住了，嘴唇哆嗦了几下，没发出声来。明人和老郑一前一后地拉开车门。坐上车时，明人回头顾盼了姑娘一眼，姑娘还僵滞在路间，一阵风把她的长发吹乱了。

"刚才你对人家姑娘，也太狠了点吧。"车辆启动，明人又瞥了一眼姑娘，对驾车的老郑说道。"我最讨厌这种推销人员了，你不对她说重一点，她就把这到处散发的广告塞在你手上了，还要缠着你唠叨不休！谁有这闲工夫去搭理他们。"老郑说得振振有辞。明人说："其实，这些年轻人也不容易，他们也是为了谋生。""哎，你的儿子呢？听说他大学毕业之后也在自己闯荡？"明人又问道。"是啊，他说他要自己找工作，不愿在我的小公司里干。"老郑无奈地说。"孩子长大了，自己闯闯也是应该的。"明人劝慰说。"就怕他受苦受累受委屈的，可我儿子脾气犟，怎么劝他也不听。"老郑叹了一口气。

两人是行驶了十多分钟，老郑才发觉揣在裤兜里的手机找不着了。路边停车，连车内椅子缝隙都找遍了，也没找到手机。"一定是刚才上车时，从兜里滑落下来了。以前也曾经发生过。"老郑断言。明人让他连忙掉头，迅速赶去。到了那儿，车水马龙，人来人往的，在停车的十多米范围，睁大了眼睛搜寻，两人最后是一无所获。这半个小时的光景，如果真丢这儿了，也一定被人拣走了。老郑面色有点发白了。现如今，丢个手机有时比丢个皮夹还令人烦心，多少联系人的电话呀。手机里还储存着各种密码等信息，够折腾的。明人理解老郑的心情，他说，我来拨一下电话试试。他拨通了老郑的手机，居然有人接了。明人连忙问："你是谁呀，手机怎么在你手里？"那边回话了，是一个女孩，声音似有些耳熟："叔叔，刚才你们开车走了，我发现了地上的手机。我估计是你们丢的，正愁找不到你们呢！"哦，是那位散发售楼广告的姑娘。"那真谢谢你了。你在哪儿？我们来拿。"明人朝老郑点了点头，老郑的面色明显地好转起来。

就在附近的一家餐厅里，明人和老郑见到了那位姑娘。她的桌上刚端上一碗热气腾腾的素菜面。她看见两人进来，就站起身，将手机递了过来。

"谢谢你，谢谢你呀姑娘。"明人说，并向老郑使了一个眼色。老郑也赶紧走上前，对姑娘说："谢谢你呀，刚才对你不太礼貌，我向你道歉。"说着，他从胸前口袋里掏出一叠钱。"这是我的一点谢意，请收下。"老郑边说边把钱塞在姑娘的手里。姑娘却像触电似的，抽回了手，身子往后退了退："不，不，不，这我不能要。不能要。"

明人笑着说："这位叔叔是真诚的，刚才路上他还说对你言重了。你就收下吧。"姑娘摇了摇头，长发跟着在肩上抖动着，一脸真诚和坚决："这没什么的，叔叔说话是让我难受了一阵。手机是你们的，我完璧归赵也是理所当然，不用谢的。"明人和老郑都被姑娘的言语有所感动了。老郑说，干脆我们和你一块吃吧，我们也饿了，正想去吃饭呢。这话倒一点不假，明人也跟着坐下了，又点了几个菜，边吃边与姑娘又聊开了。

餐厅有内外两个大厅，中午吃客不算少。明人他们边吃边聊着，就听见内厅有客人在骂："你这个小赤佬，给我推荐小龙虾，说是你们的招牌菜，怎么催了半天还不上来！"只见一个瘦小伙子一边从内厅退出，一边对里面的客人回道："快了，快了。我再去催催！"脸上是惶恐的，身子也似乎是抖抖索索的。"再不上，来了我也不付钱了！"里面的声音是气咻咻的。

明人再仔细一看，这男孩不正是老郑的儿子吗？他怎么在这里打工？老郑也看清了受委屈的是儿子，脸色难看起来。他走过去对儿子说："怎么回事？"儿子看见老郑，眼里立刻噙满了泪："没，没什么的，是我们厨房上菜慢了一些。"他起身进了厨房，过不久，就匆匆端出一大盘飘着诱人香味的小龙虾，急急地送进了内厅。内厅的食客安静无事了。

老郑坐在位子上，看着儿子忙碌的身影，话半晌没说。许久，他瞥了一眼正在吃面的姑娘，忽然脸露愧色："我们成年人，真太不懂礼数了，难为情呀！"

店堂在嗡嗡嘤嘤的声潮中，此刻仿佛掠过一阵馨香的宁静。明人感受到了。

惊险一幕

还未到大年三十，鞭炮声就时不时地在城市上空炸响。这也勾起了多年未聚的几位老友相会后的又一个话题。他们已届知天命之年，对这一惊一乍的玩意儿，早已不感兴趣，竟都提及这爆竹伤人的一幕幕。

老伍说，他们弄口有个小孩，一不小心把点燃的鞭炮扔到他妈妈的腿上，把他妈妈白嫩嫩的腿都炸伤一片，被他老爸一顿猛揍。

刘六说，去年春节，他二哥买了几个"二脚踢"，有一个直蹿到十五层的窗户里,人家一家子都在吃年夜饭,都被吓懵,虽然没人受伤,但那位八十岁的老太,一连几天都浑身打颤,把他二哥也吓得不轻,把剩下的"二脚踢"都扔了。

老孙说,这也算惊险吗?要说惊险,还是我上次遇到的更惊险。大年初五,单位都要安排人值班,放鞭炮,企业嘛,年初五拜财神,也是图个吉利。那天我值班,单位领导也来了,火线是我点的,领导只是远远地在一边看着,还直夸我勇敢而灵活。谁想,一只"二脚踢"被我点着后,被风一吹,竟横倒在地,我想去扶起来,却见火线滋滋叫着,已来不及了。只见"二脚踢"火箭般,直向领导那边冲去。我大叫一声,但无济于事,只听"呼""啪"的声响,接着是玻璃碎裂的哗啦声。领导吓懵了,一屁股坐在地上。"二脚踢"撞上了他旁边的窗玻璃,玻璃跟着欢叫了。我扶起领导时,连声地向他致歉,仿佛是我犯错了似的。领导站起身,掸了掸身上的灰土,还算宽谅地说了句:"怪你个屁事!"

明人说,你们说的都是别人的故事,我说说我自己的。众人都有些将信将疑。

明人说,那年大年三十,我买了上千元的鞭炮,在吃完年夜饭后,在小区的一个空地上,我的家人和亲朋好友都在,轰轰烈烈,闹腾了一番,喜庆了一番。临到最后一个焰火"大蛋糕",却哑火了。凑近一看,是导火线短了,湿了。我于是把导火线从纸包里脱显出来,用手扶着,让人点火。点火的是司机,他拿起打火机就点,就在点火的一瞬间,这焰火就在我手掌上炸开了,灼烫,极痛。火星还溅到我的眉毛上,一绺眉毛迅即烧焦了。此刻,我心里想,这左手一定完了,赶紧去医院。手掌是火辣辣地疼,手心里焦糊了。

到临近的一家医院急诊,医生看我一眼,又看一眼手掌,就让我打开自来水冲洗,自己又忙别的病人去了,再催他,他竟说,你还是去瑞金医院吧,那里好治疗。

我气不打一处来,也没理他,便赶紧叫车去了瑞金医院。瑞金医院有一个烧伤科,我一进门,人家医生一看,还没等我挂号,就给我消毒上药,包扎,娴熟从容,我感觉这手有救了,悬了半天的心,归位了。你们瞧,现在这手掌,毫无异样!

就这呀,不算什么惊险呀! 老友眼里似乎都是这样的神情。

明人笑了笑,继续说,包扎完手,付了钱,我刚出诊疗室门,几个扛着摄像机的记者就奔过来,直问我是不是被鞭炮炸了。我一瞧,这是来抢新闻的电视台记者呀,忙说:"我不是鞭炮炸的,里面有。"随即撇开他们就上车开溜了。

当天半夜,我就见电视新闻报道了好几位被鞭炮炸伤的新闻人物,我差点上榜呀!

这真惊险,好惊险! 老友们的目光都流露出完全的信服。

母亲说

晚饭间隙,曾学出去了几分钟,回来时,明人就发现他的眼圈红红的。但曾学想掩饰,用一迭连声的见谅,向包括明人在内的各位致歉。不用说,他是和他老母亲通电话去了。

"老母亲,还好吗?"明人悄声问曾学。一桌子人此刻正在互相敬酒,热闹得很。

"母亲说,她很好,让我不要牵挂。"曾学说。

"这不是很好吗？有什么可担心的？"明人问。

"可我分明听见她咳嗽不止，她是不想让我担心。"曾学声音有点沙哑了。

"母亲说"，哦，这词儿真是太熟悉了。前几天，明人和曾学要出差前，还专门一起去看过曾学的老母亲。老人家八十多岁了，脚步有些踉跄，身材也佝偻很多。她见明人与儿子特地来看她，就瘪着嘴，说了几句。也许是闽南乡音太重，明人没听出意思，曾学在一旁解释："母亲说，你们这么忙，就不要费时间来看她了，工作重要，你们该忙什么就忙什么去。"

明人连忙对老人家说："这是应该的。曾学也一直惦记着您呢。"老人家又嚅动了几下嘴巴，明人看得出大概，却听不清全部。曾学笑说："母亲说，你真会说话，谢谢你。"这一次看望，也就十来分钟，后来离开时，曾学告诉明人："母亲说，今天很快乐，虽然时间短，但和儿子与明人一直在交流。"明人有点诧异地望了望曾学。

曾学说："你不明白呀！母亲这是在表扬你，批评我呢？"

"这做何解？"明人更纳闷了。

"平常我忙，都是打电话问候她。可是母亲有一天在电话里说，你要是太忙，以后电话也可以不用打的。我知道母亲说的是气话，掐指算来，我当时也有一个多月没去看她了。我就下决心，以后每周日去看望她，陪她半天。每逢周日，我就推托了很多事，去母亲那儿坐个两三个小时的。起先，母亲很高兴，见我来了，就忙着给我沏茶倒水，让我吃这吃那的。后来，母亲说，曾儿，你公务这么忙，不用每周都来看我。我说我不忙。母亲说，你怎么不忙呢，捧着个手机，根本没停过，你的魂儿被手机都勾住了。和你说话都说不上几句。我想辩解几句，可面对母亲的眼神，我欲言又止。母亲说，你还是打电话吧，电话里，我还能与你多聊聊，想想你的模样呢。一丝内疚流过我的心里，我知道母亲太孤单了，太思念我了。想想母亲已到这样一个年纪了，我从此就应该多陪陪她，多与她说说话。当然，我还做得很不够……"

谁都有母亲，谁都有这种感受，明人心里一酸，双眼也有些湿润了。他也赶紧拨了电话，问母亲好，出差之前，也匆匆忙忙去看望了母亲一会儿。

母亲说，在外，自己要保重呀，别牵挂我。

出差快结束时，明人问曾学，这两天给老母亲打过电话了吗？曾学点点头，说："母亲说，她很好，让我不要牵挂，好好工作。"

"她身体好些了吗？"明人关心地问道。

"我听她还在咳嗽，问了她，母亲说，这没关系的，已经好多了，让我不用担心。"曾学说道。

明人想，这次出差回去，还是要再去看看自己的母亲，还有曾学的母亲。

在回程的高铁上，曾学还给母亲打了电话，是曾学哥哥接的。哥哥对他说："母亲在医院，母亲说她没什么问题，让你不要着急，工作要紧……"

风驰电掣的高铁，也难以比肩明人和曾学的归心似箭。他们出了高铁车站，就直奔医院。

一条白被单，已覆盖了曾学母亲的全身。曾学扑上去，哭喊着："妈妈！妈妈！"

哥哥告诉曾学，母亲是心脏病复发，抢救无效离世的。临终前，母亲还在说："曾儿工作忙，不用多打扰他，说我很好，很好……"

泪水，从明人双颊滚落。抽空，他给自己的母亲也打了个电话,电话里母亲说:"我很好,你忙,你要保重身体,保重身体……"

放下电话,泪水已打湿了明人脸颊。

套　路

某地大学这十来年校长调换频繁。每个校长都有自己的套路,令人目不暇接。

行政管理出身的校长一到岗,就宣布要狠抓厕所卫生,说是一个大学,连一个厕所都抓不好,能称得上是现代文明的厅堂吗?掌声雷动。

继任的校长是从教学岗位提拔的。他的就职演说一言以蔽之:如果连教学都不抓,还能说是一所大学吗?我要狠抓教学。掌声雷动。

再任的校长是党委书记转任的。他上任的第一天,就直言不讳:好多教师的思想都散了,与灵魂工程师的称号极不吻合,再不抓,就不可救药了。掌声雷动。

从组织部调来的一位校长倒也爽快:我不会什么都抓,但管人是我的长项,我会坚决不放!掌声雷动。

新近这所大学公开招聘,选中了一位海归学者。他受聘时的讲话也很吸引人:"一个当代的大学,应该具有世界眼光,与国际接轨。我们要走出去,走出去!"教职员工于是掌声雷动。之后纷纷赴海外学习考察,可谓不亦乐乎!

穿黑运动衫

明人与儿子一同在清晨走出家门，明人是出远差，儿子是参加中考前体能测试。分手时，明人关照儿子：好好发挥，你会成功的。儿子点头而去。

在机场，明人接到了儿子的电话。儿子说，有同学告诉他，那些有门路的同学都穿着黑色运动衫。那是一个标志，秘不可宣的。测试的老师会对这些学生特别关照。明人不相信，这也太狂妄了吧，不可能，绝对不可能。他叮嘱儿子，不要轻信这些，不可能的事，你就自己很好发挥，不会有问题。明人虽不能担保承诺，但心里是绝对怀疑有这种可能的。你想想，这大庭广众之下，那些学生凭一点关系，就可蒙混过关？心虽否定，多少还是有点纠结的。

下午飞机落地，他就打了电话询问儿子。儿子信誓旦旦地告诉他：真是这么一回事！穿了黑色运动服的同学，在测试时都被加了分，很多都拿了满分！明人有点发慌，忙问儿子情况如何。儿子体能一直不错，每周都坚持健身，是班里的佼佼者。儿子说，他没得到满分。之前，穿的就是平常的运动衣，后来赶紧换了一套黑运动衣，才不至于丢分。

明人像被黑运动衣突然蒙住了脑袋和双眼，一下子懵了。

买　鞋

明人陪同一位客人去商场买鞋。

客人看中了一种牛皮鞋的款式，让小店员拿来一双尺寸42码的，试了试脚。左脚合适，右脚明显紧了。又让拿来一双43码的。再试，这回右脚舒服了，左脚在鞋里有点脱落感了。明人有点疑惑。小店员也面露惊讶。

客人便说，他的左右脚确实大小不一，右脚比左脚略长一点。

明人还是第一次耳闻，小店员还有点不信。可客人言之凿凿，那表情也绝不像是在说笑。

这时又听客人在说，我只能拿这两个不同尺码的了。

小店员这回清醒过来了，下意识地叫了一声："不行，这不行。"

客人和明人几乎同时吃惊地望着小店员："为什么不行？"

小店员脸也憋红了，有点结舌："这，这不行。你拿了这两个，那两个谁会买呀。"

这话虽听得不入耳，不过也有道理呀。明人想。

客人也立即回话了："那我也不能买一双我不能穿的拿回去呀。"明人闻之，也觉得在理呀。

场面有点尴尬了，明人也迅速搜索大脑，一时没找到合适的说辞。

这时，一位年长些的店员走来了，他大约已明白了怎么回事，立马嘱咐小店员按客人意见卖了。

他说了一句让明人颇为感触的一句话："不这么卖，难道让人家削足适履？"

多么简单而又实在的道理呀！它把复杂的难题一下就解决了。

好爸好妈与自己

周末难得的休闲，又是秋高气爽，明人下午在小区"快走"之后，在小区喷池边小坐。那里聚集了不少居民。

明人听见一位老头在向人指点："喏，就是他们两兄妹，都在大机关工作，日子好过呀。"

顺着老头的目光，一对男女正从路旁走过，模样儿没什么出奇，边走边交谈着什么。

一个牵着小男孩的年轻妇女说："那也是因为人家有出息呀！"

"哪里呀，人家有一个好爸好妈！"老头又说。

"怎么说？他们有背景？"妇人问。

"当然，他们的爸爸是市里的大领导！"老头说。

"哦，原来如此，现在正是'拼爹'的时代呀。"妇人感叹道。

"也'拼妈'呀。当年，我邻居有四个孩子，两个才初中毕业，但后来都当公务员了。"一个老太不紧不慢地插言。

"那他们的妈妈是个大官！"老头肯定地说。

"不是！那女人是市场卖肉的，刀起刀落，多一块好一点的，可以管一家一天的菜事了。那时可是大事啦！"老太说，那浑浊的目光似乎亮闪了一下。

"那她是一块块肉把孩子都送上好单位了！"老头说。

边上一位小伙子说了："你们没看昨天的晚报吗？报道说我们小区有两个兄妹都考进了名牌大学，工作几年后，又作为优秀人才，被两大机关招录了。"

"还有这事？又是有个好爸或好妈吧？"老头嘀咕道。

"他们确实有一个好妈，不过她丈夫很早就病死了。她给人家做保姆，一个人辛苦带大了两个孩子。报道说，她常常教育两个孩子，勤奋，本分做人……"

"真这样吗？"大家沉默了。

好久，有人说了一句："这是一个好妈妈呀！"